Seducción planeada
Catherine Spencer

Editado por HARLEQUIN IBÉRICA, S.A.
Hermosilla, 21
28001 Madrid

I.S.B.N.: 978-84-671-5250-0
Depósito legal: B-27995-2007
Editor responsable: Luis Pugni
Composición: M.T. Color & Diseño, S.L.
C/. Colquide, 6 - portal 2-3º H, 28230 Las Rozas (Madrid)
Fotomecánica: PREIMPRESIÓN 2000
C/. Algorta, 33. 28019 Madrid
Impresión y encuadernación: LITOGRAFÍA ROSÉS, S.A.
C/. Energía, 11. 08850 Gavá (Barcelona)
Fecha impresion para Argentina: 4.2.08
Distribuidor exclusivo para España: LOGISTA
Distribuidor para México: CODIPLYRSA
Distribuidores para Argentina: interior, BERTRAN, S.A.C. Vélez
Sársfield, 1950. Cap. Fed./ Buenos Aires y Gran Buenos Aires,
VACCARO SÁNCHEZ y Cía, S.A.
Distribuidor para Chile: DISTRIBUIDORA ALFA, S.A.

Capítulo 1

DESDE su posición a un lado de la tribuna de la orquesta, Mikos recorrió con la vista el atestado salón de baile y posó la mirada en la mujer que se acercaba a la mesa donde estaba Ángelo. ¿Quién era? ¿Y cómo no la había visto antes? La fiesta llevaba en plena actividad casi tres horas, pero sólo en ese momento, próxima la medianoche, ella había captado su atención.

Parecía estar sola y, como él, daba la impresión de desear permanecer como observadora de la fiesta. La diferencia radicaba en que él era muy bueno en lo que hacía, y sólo unos pocos de los presentes sabían que era más que el simple vicepresidente ejecutivo y confidente de Ángelo.

Por otro lado, ella se afanaba demasiado en no llamar la atención. Si uno quería desaparecer en el entorno, no se ponía un vestido llamativo y con un corte atrevido del suave color del atardecer en el Egeo.

Observando la sala una última vez, intercambió un gesto de asentimiento con los guardias de seguridad apostados en las puertas. Luego bajó del estrado y con andar casual fue hasta donde ella estaba medio escondida por la lujosa cortina en un nicho de un ventanal. Con el cabello y los ojos oscuros, podría haber pasado por griega, pero llevaba el tiempo suficiente en el ámbito social internacional como para reconocer a una europea cuando veía a una, y esa mujer no encajaba en el patrón. Decidió que era estadounidense y se dirigió a ella principalmente en inglés.

–*Kalispera*. Creo que no nos conocemos.

Si la sobresaltó que un desconocido la abordara, no lo reveló.

–Creo que tiene razón –lo miró sin temor–. Aunque esta noche he conocido a muy poca gente aquí.

No terminó de reconocer su acento.

–Entonces, permita que remedie la situación. Me llamo Mikolas Christopoulos –«y mi trabajo es averiguar todo lo que haya que saber sobre ti».

–Encantada de conocerlo, señor Christopoulos –dijo impasible–. Yo me llamo Gina Hudson.

–Y no es estadounidense.

–No –repuso con una risa melódica–. Soy canadiense. ¿Eso le parece bien?

Repasó mentalmente la lista de invitados y estuvo seguro de que en ella no había canadienses.

–Por supuesto que está bien. ¿Con quién ha venido?

–Con nadie. Estoy sola, y aquí por encargo.

¿Una mujer trabajadora? Posiblemente. Pero de una cosa estaba seguro, no figuraba en la nómina de Tyros. Aparte de todo lo demás, Ángelo no creía en contratar mujeres, salvo para el personal doméstico, aunque le encantaba, incluso con ochenta años, tenerlas ocupadas en otras cosas.

Tembló al pensar en que pudiera encapricharse con ésa.

–¿Para hacer qué? –inquirió, alejándola del campo de visión de Ángelo.

–Escribir un artículo para una revista de Vancouver que, por si no lo sabe, se encuentra en la Costa Oeste de...

–Estoy familiarizado con Vancouver –cortó su intento de distraerlo–. Trabajo para Hesperus International que, estoy seguro de que usted bien sabe, es propiedad del hombre al que se homenajea esta noche. Dos de nuestros cruceros navegan a Alaska desde Vancouver durante el verano. Es una ciudad hermosa.

–Sí –sonrió–. De hecho, es espectacular.

«Como tú», pensó él. Si desde lejos se la veía preciosa, de cerca era exquisita. Una morena de una belleza deslumbrante con figura de clepsidra y una piel del color de la miel. ¡Y esa sonrisa!

Forzó su atención donde debía estar y comentó:

–Me sorprende que los residentes de Vancouver estén al corriente de este acontecimiento, y más aún que les importe. ¿Cómo llegó a su conocimiento?

–Podemos parecerle personas que vivimos en el fin del mundo, señor Christopoulos –comentó–, pero en realidad nos mantenemos bastante en contacto con el resto del planeta. Ángelo Tyros es una celebridad mundial y la fiesta de su cumpleaños ha despertado bastante atención internacional. Y si tenemos en cuenta la amplia comunidad griega que hay en Vancouver, no debería sorprenderle que nos resulte digno de atención.

–Bueno, es cierto que puede crear titulares con sólo parpadear –concedió Mikos–. Pero para que usted recorriera una distancia tan larga por tan poco...

–Estoy de acuerdo, razón por la que, una vez que concluya aquí, planeo combinar trabajo con placer y dedicar una o dos semanas a descubrir las islas griegas.

Sonaba tan convincente, que casi la creyó. Pero no le pagaban para que «casi» nada; debía estar seguro en un cien por ciento. Ángelo no esperaría menos, y la vida del anciano ya había sufrido suficientes atentados como para que fuera así. Bajo ningún concepto iba a arriesgarse a exponerlo a otro, aunque en esa ocasión la amenaza apareciera enfundada en seda y magnetismo sexual.

Señaló hacia la multitud de parejas que giraba bajo las luces tenues al son de la orquesta y adoptó su tono más persuasivo.

–Pero la intención de esta fiesta es que la disfruten todos, incluidos aquéllos que, como nosotros dos, no hemos venido por motivos estrictamente de placer. Así que hagamos a un lado el trabajo por unos momentos y bailemos.

–¿Está seguro de que a su jefe no le importará?

Miró hacia la mesa en la que Ángelo tenía la vista clavada en el escote de la mujer pegada a su hombro.

–Ni siquiera creo que se dé cuenta.

Siguiendo su mirada, Gina apretó los labios, al parecer poco impresionada por lo que veía, lo que potenció las sospechas que despertaba en él.

–Tiene razón. No lo hará.

–Entonces, no perdamos más tiempo.

Después de una breve vacilación, ella inclinó la cabeza y volvió a sonreír.

–De acuerdo. Me encantará.

–Puede dejarlo aquí. Estará perfectamente a salvo –le quitó el pequeño bolso de lentejuelas y lo ocultó detrás de la cortina. Luego, después de intercambiar una mirada significativa con Theo Keramidis, un agente de seguridad apostado a unos pocos metros, pasó el brazo por la cintura de ella, la sacó a la pista y la deslizó hacia el centro de la multitud.

La música transmitía su mensaje palpitante de urgencia primitiva, calculada para avivar la sangre de un hombre. El calor y la presión de los cuerpos que los rodeaban forzaron una intimidad que posiblemente ella habría encontrado ofensiva en cualquier otra circunstancia. De hecho, allí era imposible evitar el contacto físico. No es que a él le importara. Controlada la situación de seguridad, estaba más que dispuesto para disfrutar del momento durante el tiempo que durara; y si de él dependiera, no sería pronto.

En cuanto sus ojos se habían encontrado, un muy elemental reconocimiento hombre-mujer había vibrado entre ellos. Estaba familiarizado con la leve excitación causada por una aventura fugaz. Pero la reacción visceral ante esa mujer en particular era diferente y hablaba de una conexión más profunda que iba más allá de lo corriente. Gina Hudson también era diferente. Tanto, que al reconocer la atracción que emanaba de ella, sabía que corría el riesgo de comprometer su integridad profesional.

Como eso era algo que jamás se permitía, sin importar lo tentadora que fuera la distracción, lo inteligente sería pasarla a un miembro más imparcial de su equipo. Sin embargo, cuando la orquesta pasó a un ritmo aún más lento, la envolvió en sus brazos y la pegó a él.

Era tan pequeña, que su mano abierta abarcaba una zona que iba desde la ligera protuberancia de la cadera hasta el borde superior del vestido. Como lo extendiera un centímetro, su dedo pulgar podría probar la piel suave entre los omóplatos. Y como la ciñera más con el brazo, rozaría la curva exterior del pecho derecho. Ese descubrimiento le lanzó una descarga de calor a la entrepierna y asestó un golpe mortal a la cautela que por lo general regía sus actos.

Jovialmente despreocupada del efecto que surtía sobre él, lo miró entre pestañas largas y sedosas.

–¿Es usted de Atenas, señor Christopoulos?

–No –respondió–. Nací en un pueblo en el extremo noroeste del país. Y desearía que me llamara Mikos.

–¿Es Michael en griego?

–Una variación regional del nombre. Mi nombre completo es Mikolas –el susurro del vestido, que coqueteaba con las perneras de sus pantalones, y la elasticidad de los pechos contra su camisa almidonada hicieron que se viera forzado a controlar su libido y su respiración.

La música terminó.

–Y bien, ¿qué más debería saber de usted, señorita Gina Hudson? –se obligó a concentrarse en su objetivo principal–. ¿Cómo pasa su tiempo cuando no cubre fiestas de la alta sociedad para su revista?

Una fugaz inquietud cruzó sus facciones antes de que pudiera camuflarla con otra risa jadeante.

–Nada muy estimulante, me temo.

«Pero tú sí lo eres», pensó él. «Estimulante... y más que un poco evasiva».

Con la mano aún en la espalda de ella, la guió hasta donde habían dejado el bolso. Gina volvió a pasarse la cadena plateada por el hombro y con destreza desvió la conversación lejos de su propia persona.

–¿Cuánto tiempo lleva viviendo en Atenas?

–Desde mi adolescencia, cuando vine a trabajar aquí –sonrió sin alegría ante el recuerdo de aquellos duros años–. En otras palabras, hace mucho tiempo, en otra vida.

Ella miró por el ventanal hacia el tráfico de Vassilissis Sofias e hizo una mueca.

–¿No le importa el ritmo frenético, el ruido y la polución?

–No, siempre y cuando pueda escapar de vez en cuando. ¿Me equivoco al pensar que tampoco usted es amante de la grandes ciudades?

–Lo fui una vez. Ahora vivo en la casa familiar en las Islas del Golfo.

Lo sorprendió con eso. Consideraba que tenía unos

veinticinco años, algo mayor para seguir viviendo con sus padres, pero demasiado joven para encerrarse en una isla.

–Yo también tengo un pequeño refugio a unos kilómetros de la costa –comentó, dedicándole a Theo una mirada que recibió un gesto de asentimiento apenas perceptible en respuesta–, al igual que un apartamento aquí, en Lycabettus Hill.

–Me temo que eso no significa nada para mí. No estoy familiarizada con la distribución de la ciudad.

Acercando la boca lo suficiente a la oreja de ella como para percibir su perfume, dijo:

–Entonces, ¿qué le parece si pedimos algo fresco para beber y la llevo a la terraza del hotel para disfrutar de la vista de la ciudad? Allí estaremos mucho más tranquilos y no tendremos que hablar en voz alta para hacernos entender.

–Bueno... –ladeó la cabeza y frunció los labios con gesto pensativo–. Este salón es más bien ruidoso.

–Aguarde aquí, entonces, enseguida vuelvo –unos segundos más tarde, Theo se unió a él en el bar–. ¿Qué encontraste en el bolso? –le preguntó.

–Nada extraño –respondió el guardia de seguridad–. Una pase de prensa válido, un poco de dinero en efectivo y las cosas habituales de una chica... un peine, lápiz labial, un espejo, esas cosas –se palmeó el bolsillo de la chaqueta–. Oh, y la llave de su habitación de hotel. De las antiguas, con el número grabado en ella.

–¿Pase de prensa, mmm? Dijo que venía para cumplir con un encargo de su revista.

–Entonces, parece que ha dicho la verdad.

–Desde luego –su satisfacción era prematura, pero eso no le impidió disfrutarla–. Buen trabajo, Theo. ¿Crees que podrás arreglarte sin mí durante un rato?

Theo no trató de ocultar su diversión.

–El tiempo que sea necesario con tal de averiguar en qué hotel se hospeda.

La vista desde el tejado del Grande Bretagne era impresionante. El hotel elegante y antiguo se hallaba en la manzana más prestigiosa del centro de la ciudad, dando a la Plaza Syntagma, al Parlamento y a los Jardines Nacionales y se encontraba a distancia de paseo de puntos muy turísticos.

Todo muy interesante, y así como sabía que en otro momento habría memorizado los detalles que él le proporcionaba, en ése le era arduo concentrarse. Incluso las columnas iluminadas del Partenón no lograban captar su atención por más de uno o dos segundos. Y todo porque, mucho más cerca, demasiado cerca para que se sintiera cómoda, la manga de la impecable chaqueta de Mikos Christopoulos no dejaba de rozarle el brazo desnudo. La voz, más oscura que la medianoche y más seductora que el chocolate, la hipnotizaba con la entonación extranjera. Y lo más perturbador de todo: el aura extremadamente masculina que irradiaba la envolvía en una red de percepción sexual que la dejaba atrapada como una mariposa desvalida en manos de un coleccionista.

Ajeno al efecto que surtía sobre ella, dirigió su atención hacia una zona situada al este del hotel.

–Por ahí está Kolonaki, una de las zonas más exclusivas de Atenas. Aunque a menudo se la menciona como el territorio de las embajadas, también alberga la zona financiera, así como algunos apartamentos muy caros y muchas cafeterías de moda.

–Pero no es ahí donde vive –comentó, más para cerciorarse de que todavía le funcionaba el cerebro–. Abajo mencionó un apartamento en Lika-algo-Hill.

–Lycabettus, así es –apoyó las manos grandes en sus hombros y la hizo girar un poco hacia el norte–. Se puede ver con claridad desde aquí. Pero trabajo en Kolonaki, en el complejo de oficinas de Tyros.

La mención del nombre de Ángelo Tyros sirvió para recordarle la razón de que estuviera en Grecia.

–¿Cuánto tiempo lleva trabajando para él? –preguntó.

–Casi media vida, aunque no siempre en mi puesto actual.

–¿O sea que lo conoce bien?

–Tan bien como se lo puede conocer, sí.

–¿Qué clase de hombres es? Aparte de rico y famoso, por supuesto.

Mikos reflexionó unos instantes antes de contestar.

–Indestructible –respondió al final–. Como sabe, acaba de cumplir los ochenta años, pero sigue siendo un presidente activo, ante su mesa cada mañana a las nueve y esperando que los demás hagan lo mismo. Se enorgullece mucho de no haber faltado jamás en su vida un día al trabajo, ni siquiera cuando falleció su esposa, ni cuando su hijo único murió en un accidente de coche en una carrera, hace unos treinta años.

«¿Qué puede importar la familia al lado de amasar una fortuna?», pensó ella con amargura.

–¿Y usted admira a un hombre así?

–Lo respeto, le estoy agradecido, y, sí, le tengo cariño. Mucho. Puede que no siempre coincida con él o con las elecciones que hace, pero yo no estaría donde estoy hoy de no ser por Ángelo Tyros.

«¡Tampoco mi madre!».

No supo cómo logró contenerse para no decirlo en voz alta, pero algo de su desprecio debió de reflejarse en su cara, porque Mikos ladeó la cabeza para observarla mejor. Antes había notado que los ojos de él no

eran castaños oscuros como cabría esperar de un hombre tan clásicamente griego en todos los demás sentidos, sino de un verde claro. Enmarcados por unas
pestañas largas y tupidas, eran una declaración arreba-
tadora en una cara ya bendecida con más de lo que era
justo en belleza masculina. Pero aparte de eso, eran
observadores y rebosaban aguda inteligencia. No lo
engañaría con facilidad.

Se dijo que haría bien en no olvidarlo. Si jugaba
bien sus cartas, ese hombre podría presentarle a
Ángelo Tyros, algo que no haría si le daba razones
para sospechar de sus motivos. Sin la ayuda de Mikos,
una periodista desconocida como ella no tenía ninguna
oportunidad de atravesar la muralla de seguridad y de
acercarse al viejo.

Interpretando su silencio como desaprobación, Mikos dijo:

—Si he dado la impresión de que es frío e insensible,
y de que está más preocupado con el poder que con las
personas, deje que equilibre eso diciendo con absoluta
sinceridad que también es capaz de gran generosidad y
amabilidad.

—Intentaré recordarlo cuando escriba mi artículo.

La voz de él bajó, acariciándole la piel hasta encen-
derle todas las terminales nerviosas con un extraño
cosquilleo.

—Y yo jamás olvidaré esta noche o este momento.

—¿Y eso por qué? —susurró ella a duras penas.

Una vez más, él apoyó las manos en sus hombros,
pero en esa ocasión las subió por su cuello hasta en-
marcarle la cara.

—Los dos sabemos por qué, *calli mou*.

En realidad, ella no. Oh, sabía que iba a besarla. Lo
había sabido desde el momento en que salieron a ese
jardín desierto, del mismo modo que había sabido que

se lo permitiría, porque aparte de cualquier otra consideración, era atractivo como un dios griego, y tan encantador que su sola sonrisa bastaba para hacerle vi-
brar todo el cuerpo. Además, hacía mucho que no se
sentía deseable. Pero bajo ningún concepto eso respondía la verdadera pregunta: ¿por qué?

¿Por qué la había elegido a ella, una don nadie procedente del Canadá, sin linaje, posición o dinero que la
hicieran sobresalir entre todas las mujeres hermosas
que había en la fiesta?

Aferrándose a los restos de su cordura, tartamudeó:

–Eso no contesta mi pregunta, Mikos.

–¿No? Entonces, quizá esto lo haga –murmuró.

Y bajó la boca hacia la de ella para darle un beso
que redefinió el significado de la palabra, al menos en
lo que se aplicaba a su experiencia.

Entonces tuvo que sujetarse a él si no quería caer al
suelo convertida en una masa fundida de hormonas.
¿Cómo podía un hombre convertir el instrumento más
básico para la seducción en una herramienta de exquisita tortura sensorial, haciendo que su núcleo más secreto vibrara y quedara empapado?

¡Era una locura! Pero decirse eso no hizo nada para
frenar un gemido inarticulado que escapó de su garganta. Ni para lograr que mantuviera las manos quie-
tas. De hecho, se pegó a él y le rodeó el cuello, pasán-
dole los dedos por el pelo suave y tupido al tiempo que
abría los labios a la lengua persuasiva y lo dejaba hacer lo que quisiera con su boca.

«¡Recuerda por qué estás aquí!», le suplicó la débil
voz de la razón. «¡No tendrías que haber venido hasta
Grecia si lo único que querías era sexo!».

«¿Ni aunque sea sexo transformado en algo raro y
maravilloso?», preguntó su otro yo desvergonzado.

«¡Ni siquiera entonces, idiota! ¿Qué clase de mujer

abandona su causa en cuanto un extranjero atractivo le dedica una segunda mirada?».

«Pero se trata de algo más que de atractivo. Es química... incluso alquimia. Es mirar en los ojos de un hombre y ver mi futuro escrito allí. Es confiar en el instinto y reconocer la llamada del destino».

«¡Dile eso a la madre que dejaste al cuidado de desconocidos!».

Las palabras cayeron en su cara como un cubo de agua fría.

—¡Mmmm... oh! –liberó la boca y se forzó a detener la exploración de su pelo para empujar con fuerza contra su pecho–. ¡No puedo hacer esto! ¡No está bien!

En la oscuridad, los ojos de él ardieron con un fuego verde primitivo que luchó con su contención civilizada.

—¿Cómo puede estar mal, *agapiti mou*, cuando te encuentro tan irresistible? Somos libres de seguir a nuestros corazones, ¿verdad... o el tuyo está prometido a otro?

—¡Claro que no! –respondió con tono acalorado–. Si tuviera una relación con otro hombre, jamás lo engañaría. Pero esto... en lo que nos estamos metiendo, bueno, es...

Guardó silencio, sabiendo que no podía confiarse a él. Aunque no lo sabía, Miko se hallaba en el bando del enemigo, y cuando descubriera el verdadero motivo que tenía para haber ido a Atenas, también pasaría a ser su enemigo. Entonces no la encontraría tan irresistible.

—... ir demasiado deprisa. Lo entiendo. Nos hemos conocido hace menos de una hora, y tenemos mañana y todos los días que estés dispuesta a pasar conmigo antes de que debamos despedirnos. No hay necesidad de acelerar una perspectiva tan placentera.

Su voz la acarició. Le mitigó la conciencia intranquila. No hacía ni pedía promesas para nada más allá de lo que él estaba dispuesto a dar. Tal como él lo veía, lo que más podían ofrecerse era una o dos semanas. Después, pasaría a su siguiente conquista y ella regresaría a casa, posiblemente con el corazón un poco magullado, pero más realizada como mujer que al dejarla... y con la esperanza de haber logrado el objetivo que se había propuesto. No tenía nada que perder.

Sonriéndole, le dijo:

—Ninguna en absoluto. Disfruto simplemente con estar aquí arriba contigo, aunque me sorprende que dispongamos del sitio sólo para nosotros. Creía que los atenienses jamás se acostaban antes del amanecer.

—Tienes razón. En una situación corriente, seríamos dos de muchas personas que ahora estarían disfrutando de la noche. Pero para esta ocasión, las salas públicas del hotel están vedadas para todos menos para los invitados oficiales al cumpleaños.

—Entonces, ¿podemos sentarnos y llegar a conocernos mejor? Antes dijiste que de no ser por Ángelo Tyros no estarías donde te encuentras hoy, y me preguntaba qué querías dar a entender con esa afirmación.

Él se encogió de hombros con pesar.

—Aunque preferiría ver salir el sol contigo a mi lado, me temo que he de negarme ese placer. Oficialmente estoy de servicio, así que no debería ausentarme demasiado de la fiesta.

¡Ahí se acababa que la encontrara irresistible! Mientras estuviera dispuesta a dejar que la sedujera, tenía todo el tiempo del mundo, pero en cuanto había frenado el lado físico de las cosas, el deber lo llamaba... probablemente al lado de una de esas mujeres que antes había notado que bebía los vientos por él.

–Gracias por recordarme que yo también estoy haraganeando –dijo, sin poder contener el reproche en la voz–. Se me paga para escribir un artículo sobre los ricos y famosos, y podría estar perdiéndome suculentas anécdotas.

Él fue a hablar, pero ella no tenía ganas de escuchar, ya que el estallido de su pequeña burbuja de felicidad la había dejado llena de desilusión. Adoptar el papel de madre de su pobre y perdida madre le había abotargado sus habilidades sociales, dejándola tan hambrienta de un poco de glamur y romance que había perdido toda perspectiva en cuanto Mikos le había dedicado una segunda mirada.

Había sido una ingenua. Los hombres sofisticados como él no estaban interesados en mantener conversaciones personales a la luz de la luna.

Tragándose el absurdo nudo que tenía en la garganta, fue hacia el ascensor y apretó el botón de llamada. Por fortuna, las puertas se abrieron casi de inmediato, ofreciéndole una escapatoria rápida. Pero no lo suficiente. Mikos la condujo al interior con tal galantería que evaporó toda su voluntad de mantener una máscara de indiferencia.

–Te he ofendido –observó arrepentido cuando las puertas se cerraban.

–No seas ridículo –replicó y deseó que dejara de mirarla.

–Si eso es verdad –comentó tras una larga pausa–, entonces, una vez que las cosas empiecen a tranquilizarse un poco, ¿tal vez quieras unirte a mí para un ligero refrigerio?

Ella se cubrió la boca con la mano y fingió un largo bostezo.

–Oh, lo dudo. Ya estoy bastante cansada y no me

quedaré una vez que haya recogido suficiente material para completar mi artículo.

–Comprendo –siguió otro silencio prolongado–. ¿Tienes una habitación aquí, en el Grande Bretagne, Gina? –preguntó al final.

Ella pensó en el lujoso hotel, restaurado a toda su grandeza del siglo XIX, y rió, aunque con poco humor.

–¡En absoluto! Soy una mujer trabajadora, ¿lo has olvidado?

–Pero ¿tienes alojamiento adecuado en una zona segura?

–Estoy en el Topikos, a un par de manzanas del Hilton –no era nada espectacular, y desde luego no podía compararse con el Grande Bretagne, pero su habitación era limpia y cómoda, con un cuarto de baño propio, y podía permitírsela económicamente.

–Entonces, ordenaré que un coche te lleve allí en cuanto quieras marcharte.

–No es necesario. No está lejos. Puedo ir andando o tomar un taxi.

–No permitiré nada por el estilo. Por favor, comunícame cuando hayas tenido suficiente de la fiesta.

«¡Puedes esperar sentado!».

Casi se lo dijo. Por suerte, el ascensor se detuvo y en cuanto las puertas se abrieron, irrumpió la algarabía de la fiesta, ahogando cualquier posibilidad de continuar la conversación.

Una vez en el salón, movió los dedos en señal de despedida.

–Nos vemos luego –articuló con los labios, y puso tanta distancia entre ambos como le fue posible.

Por desgracia, no intentó detenerla.

Bueno, si Mikolas Christopoulos no iba a brindarle acceso a Ángelo Tyros, debería conseguirlo por su propia cuenta. Negándose a reconocer el sabor amargo de la decepción y sin que nadie se lo impidiera, se dirigió a la mesa principal, sólo para sufrir otro contratiempo. No había rastro del multimillonario griego.

–Perdón, ¿habla inglés? –le preguntó a una mujer aún sentada allí.

–Un poco, sí.

–Entonces, ¿puede informarme de dónde encontrar al señor Tyros? Esperaba que me concediera una entrevista.

La mujer enarcó las cejas en gesto divertido.

–¡Llega demasiado tarde, *kyria*! Aunque hubiera aceptado hablar con usted, lo cual dudo, Ángelo se marchó hace un rato. ¡Después de todo, tiene ochenta años!

¡Maravilloso! ¡Lo que le faltaba!

La velada había sido un completo fiasco.

Desanimada y agotada de repente, se dirigió otra vez a la salida del salón, y aunque aún había guardias de seguridad apostados en cada puerta, agradeció no ver rastro de Mikos por ninguna parte.

Al menos eso fue lo que supuso hasta que, cuando se hallaba por la mitad de la alfombra persa que decoraba el vestíbulo, una mano se cerró sobre su hombro y esa voz oscura y profunda que había estado a punto de seducirla en el tejado le murmuró al oído:

–¿Y adónde cree que va, señorita Hudson?

Capítulo 2

HABÍA creído que estaba cansada, que lo que necesitaba y quería era desplomarse en la cama y dormir sin temor a lo que pudiera encontrar al despertar. Pero el sol estaba alto en el cielo y bañando los edificios del centro de Atenas cuando al fin llegó a la habitación de su hotel pasadas las ocho de la mañana siguiente.

–No es asunto tuyo –le había contestado, apartando a otro fotógrafo molesto para abrirse paso con determinación por las puertas giratorias del hotel y salir a la calle–, pero pienso regresar a mi hotel.

Impasible, él la había seguido.

–Decidimos que me harías saber cuándo estarías preparada para irte.

–No –lo corrigió con sequedad–. *Tú* lo decidiste, no yo.

Él alzó la mano izquierda y chasqueó los dedos con autoridad. Al parecer, fue todo lo que hizo falta para que una limusina Mercedes, negra y pequeña, se materializara de entre las sombras y se detuviera ante ellos.

–Menos mal que al menos uno de los dos tiene algo de sentido común, ¿verdad? –abrió la puerta de atrás en una invitación que no aceptaba una negativa.

Aunque a ella le habría encantado desafiarlo y perderse en la noche, agradeció la excusa para dejar de estar de pie. Unas sandalias finas y de tacón alto podían ejemplificar lo último en elegancia para la noche, pero no se prestaban bien a los paseos. No sólo eso, sino que hacía años que no se ponía tacones altos y los pies ya le dolían de forma despiadada. De modo que se tragó su orgullo y se deslizó por el asiento trasero entre un crujir de seda violeta.

–Gracias –dijo con rigidez–. Aprecio tu consideración.

–*Parakalo*. De nada –respondió.

Dando por hecho que era lo último que veía de él, se adelantó para darle al chófer no uniformado el nombre de su hotel, pero entonces se dio cuenta de que Mikos también se había subido al coche.

Sobresaltada, jadeó:

–¿Qué crees que estás haciendo?

–Ponerle fin a esta tontería –repuso antes de mantener una breve conversación en griego con el conductor.

El hombre asintió, elevó el cristal ahumado que los separaba de los pasajeros y metió el coche en el tráfico.

Gina no estaba familiarizada con el trazado de Atenas, pero un vistazo a través del cristal tintado de la ventanilla bastó para revelarle que no iban en la dirección del hotel.

–Por si no te has dado cuenta, tu conductor va por el camino equivocado –informó a Mikos.

–Va precisamente por el camino correcto –se desabrochó la chaqueta y estiró las largas piernas–. Te sugiero que te relajes y disfrutes del trayecto.

Durante un momento, se sintió tentada. Se hallaba refugiada en una suave y mullida piel negra, en una limusina que ronroneaba como un gato mientras iban por un tramo de calle tan suave como una extensión de satén flotando en el aire.

El cuello de una botella de champán, le pareció notar que era Bollinger, sobresalía de un cubo de plata en el bar empotrado. Unas copas de cristal centelleaban bajo el brillo apagado de las luces del interior. El hombre sentado a su lado era sexy y atractivo, alto y moreno. Cosmopolita, sofisticado y encantador.

Entonces se le ocurrió que iba hacia un destino desconocido, en un coche con un relativo extraño y que bien podía encontrarse metida en serios problemas. Siempre aparecían noticias de mujeres que desaparecían sin dejar rastro.

—Si estás pensando en secuestrarme —dijo con una voz que le sonó angustiosamente aterrada—, deberías saber que no podrás conseguir más que un rescate mezquino. No tengo ningún valor, monetario o de otra naturaleza, para ningún alma viva —«salvo», añadió para sus adentros, «para mi madre, que no tiene ni idea de dónde me encuentro ni de la clase de problemas que podrían surgirme. Y aunque lo supiera, no podría hacer nada al respecto».

—¿Secuestrarte? —contuvo una sonrisa, aunque no con la suficiente rapidez como para que ella no lo notara—. La idea no me ha pasado por la cabeza, pero ahora que la mencionas, podría ser interesante.

—¡Me alegro de que uno de los dos lo encuentre divertido! —espetó Gina.

Él la estudió.

—Te encuentro muchas cosas. Desde luego, divertida, *agapiti mou*, pero también fascinante, ingeniosa...

—¡Y yo a ti te encuentro insufrible!

En esa ocasión, él rió en voz alta, un estallido de sonido rico y bajo, como un terremoto que se manifestara desde lo más hondo de su pecho.

—Al menos te he causado una cierta impresión —comentó con sequedad, sacando el champán de la cubitera.

Las manos, cuyo bronceado resaltaba contra los puños blancos de la camisa, tenían una forma perfecta, con dedos largos y competentes. Hechizada, lo observó quitar el envoltorio y descorchar la botella con una facilidad descuidada que sugería que no era nuevo en la tarea. El caldo espumeó en las copas, diminutos volcanes de burbujas que estallaban hacia la superficie con jubilosa efervescencia.

–¿Por qué brindamos, Gina? –preguntó, ofreciéndole una.

Como si tuvieran vida propia, sus dedos se cerraron en torno al pie de la copa.

–Elige tú.

–¿Qué te parece por llegar a conocernos un poco mejor?

–Cuando hace poco más de una hora te sugerí lo mismo, afirmaste tener asuntos más importantes que atender.

–Desde entonces, he cambiado de parecer.

–¡No eres el único! Ahora sé más de lo que me interesa acerca de la clase de hombre que eres –replicó–, y si piensas que por meterme en la parte de atrás de este... de este *sexmóvil*, voy a tumbarme y a dejar que hagas lo que quieras conmigo, te espera una sorpresa desagradable.

Al principio, él pareció mudo. Luego se llevó una mano a la boca y por el modo en que le tembló la copa de champán quedó claro que lo dominaba otro ataque de risa, aunque en esa ocasión silencioso. Finalmente, con un esfuerzo para controlarse, aunque sin mucho éxito a juzgar por el tono de su voz, dijo:

–Te aseguro que siento demasiado respeto por ti como para albergar semejante idea.

–Oh –asimiló eso durante un segundo, y luego se volvió hacia él, desconcertada–. Bueno, entonces, ¿qué quieres?

–Explicarme ante ti.

. –No era necesario que te tomaras tantas molestias para eso.

–¿De verdad? ¿Estás diciendo que si hubiera tratado de hacerlo cuando salías del hotel, te habrías detenido en plena huida para escucharme?

–Probablemente, no –tuvo que reconocer–. Estaba bastante molesta contigo.

–¡Exacto! Y eso fue lo que me animó a llevarte de esta manera. Si no te hubiera molestado que nuestro encuentro en la terraza del hotel hubiera llegado a un final brusco, no habría desperdiciado más de mi tiempo o del tuyo. Pero... –le clavó la vista y se encogió de hombros–. Te importó, ¿verdad? ¿Tú también sentiste... esa chispa de atracción entre nosotros, tan poderosa que desafía toda razón?

Hipnotizada, Gina asintió, con un torbellino de emociones en su interior ante el mensaje que leía en los ojos de él. Tardó unos momentos en poder plantear la pregunta que la carcomía desde hacía horas.

–Pero, en ese caso, ¿por qué de repente tú...?

–¿Acabé con la situación antes de que fuera más lejos?

Ella volvió a asentir.

–Porque –le quitó la copa de las manos antes de que la dejara caer y la depositó junto a la suya en el bar empotrado– me enorgullezco de ser un hombre civilizado que ha dejado atrás la edad en que considera aceptable tratar de forma íntima con una dama en un lugar público. Pero tú, Gina, despertaste tanto anhelo en mí que no estuve seguro de poder controlarme si permanecía más tiempo a solas contigo.

Al oír eso, sintió una agradable sensación cálida extenderse por su interior.

–Pensé que podía ser porque estabas casado.

–No lo estoy ni nunca lo he estado.

–Oh –las mismas burbujas que habían estallado con tanta exuberancia en su copa en ese momento corrieron por sus venas.

–Ni planeo seducirte en la parte de atrás de un coche –continuó él–. Si vamos a hacer el amor, algo que bajo ningún concepto es una certeza, será en un lugar y en un momento que ambos elijamos –sus dientes centellearon con otra sonrisa–. Pero si lo permites, me encantaría volver a besarte.

Con el corazón desbocado por el placer, ella susurró:

–Creo que eso puede arreglarse.

Le tomó la cara entre las manos y muy lentamente dejó que su aliento le acariciara los ojos, las pestañas, la mandíbula, antes de desviarse hacia la boca. Una vez allí, cerró los labios sobre los de Gina casi con pudor, pero hablándole en un lenguaje silencioso que prometía una profundidad de pasión ajena a todo lo que ella hubiera experimentado alguna vez.

¡Con qué facilidad le avivaba el deseo y la necesidad! El anhelo la dominó, descarnado e implacable. Sintió que se derretía, como cuando la había besado en el tejado del hotel. El calor remolineó por su sangre y se acumuló, pesado, en la boca de su estómago. Y en los pliegues secretos de su feminidad surgió el rocío.

«¡Deja de ser un caballero!», casi le suplicó en voz alta. «¡Deja de contenerte!».

Estaba famélica de él. Quería que la tocara por todas partes. Deseaba que le bajara el vestido por los hombros y le subiera la falda hasta la cintura. Que le deslizara las manos dentro de la ropa interior. Que le coronara la plenitud de los pechos. Que descubriera los capullos compactos que eran sus pezones, el núcleo palpitante entre sus piernas.

Más, quería tocarlo a él. Pasarle las yemas de los dedos por el torso y los planos musculosos del abdomen. Bajar a territorio prohibido y explorar esa forma excitada. Tantear el peso suave y desnudo en la mano. Sería grande y poderoso, como la atracción que ardía entre ellos. No sería como ningún otro hombre que hubiera conocido. Lo sabía con la misma certeza que conocía su propio nombre.

Comprender la dirección que seguían sus pensamientos fue lo único que le impidió actuar en consonancia con sus impulsos.

Horrorizada por lo cerca que había estado de abochornarse, se apartó, sacudida hasta lo más hondo de su ser.

No era una completa inocente en lo referente al sexo. Había perdido la virginidad con veintidós años con Paul Johnson, su entonces novio, quien terminó por cambiar de parecer acerca de casarse con ella al darse cuenta de que ello también significaba hacerse cargo de su madre. Pero jamás había sido «fácil», nunca se había rebajado con un comportamiento libertino.

Pero bastante gente podría afirmar que no le había quedado mucha elección, ya que después de romper con Paul, su vida social había regresado a una isla, en especial en lo referente a las citas. El número limitado de hombres libres que había conocido no estaba interesado en una mujer siempre preocupada por los actos de una niña de sesenta años.

Pero estaba en Atenas, Grecia, y el increíble y atractivo Mikos Christopoulos la había besado dos veces, y con ello había despertado todas sus necesidades y anhelos femeninos contenidos durante cinco años, liberándolos más desbocados que nunca.

No tenía nada que ver con la atracción, aunque no cabía duda de que Mikos era el hombre más atractivo de la faz de la tierra. Tenía que ver con el apetito; con la necesidad básica de ser reconocida como una mujer que era más que una hija y una enfermera. Pero ¿entregarse de esa manera? ¡Nunca!

–¡Oh, Dios...! –jadeó, estableciendo más distancia entre ellos–. Creo que es suficiente por ahora.

Él no trató de disuadirla. En todo caso, pareció casi aliviado de que hubiera detenido la situación.

–Brindo por eso –alargó la mano hacia la botella y rellenó sus copas.

Desconcertada por los mensajes encontrados que él enviaba, excitado un momento pero capaz de refrenar su ardor al siguiente, señaló el interior lujoso de la limusina.

–Cuando fui a la fiesta, no era así como esperaba exactamente que terminara la velada.

–¿Y qué esperabas exactamente, Gina?

–Que regresaría a mi hotel en cuanto hubiera obtenido suficiente información.

–¿Información?

–Para mi artículo.

–Ah, sí, el artículo –repitió con suavidad.

Demasiada suavidad.

–Sí –convino, desconcertada por el cinismo que captó en su voz–. ¿No me crees?

–¿Hay algún motivo por el que no debería?

–No que yo sepa –mintió–. Pero de repente suenas muy suspicaz.

–¿Sí? –la miró un momento, y luego centró su atención en las burbujas que se elevaban en su copa.

–Sí –repitió, y cuando él no intentó negarlo, continuó–: ¿Lo estás?

Él reflexionó antes de contestar.

–Deja que lo exponga de esta manera. No soy un hombre que ceda fácilmente ante una cara bonita o un cuerpo tentador. Hace falta más que eso para capturar mi interés. Pero estoy tan poderosamente atraído por ti que no sé cómo encarar la situación.

–No me das la impresión de ser un hombre que no sepa cómo encarar algo.

–Por lo general, así es. Pero te mentiría si te dijera que esta situación me resulta normal. La verdad es que la considero bastante extraordinaria.

–Y no te gusta estar al mando.

–No –aceptó–. Como decís en vuestra parte del mundo, soy un fanático del control. Es lo que me hace bueno en mi trabajo.

–¿Y en qué consiste, exactamente? Me has dicho que trabajas para el señor Tyros, pero nunca mencionaste qué haces.

–Estoy en dirección. De hecho, soy vicepresidente ejecutivo.

En realidad, no le sorprendió. Sólo tuvo que recordar la autoridad con que llamó a la limusina para reconocer que debía de pertenecer al máximo nivel corporativo.

–¿Te gusta tu trabajo? –le preguntó.

El interior tenue no bastó para ocultar la mueca que hizo.

–No siempre –reconoció–. Aunque, ¿a quién le gusta siempre? Tú, por ejemplo. ¿Estás completamente contenta todos los días con lo que haces?

Gina miró por la ventanilla y de pronto en su mente sólo estuvo el motivo de su presencia en Grecia.

«Señorita Hudson... Gina, esto es muy incómodo,

pero estoy segura de haber dejado mis pendientes en la cómoda antes de que saliéramos esta mañana, y ya no están allí...».

«Gina, ¿eres tú? Acabo de sorprender a tu madre en la playa, metida hasta la cintura en el agua... ¡en noviembre, Gina...!».

«¿Has visto a Maeve? No desde esta mañana, Gina. ¿Cuándo notaste que faltaba...?».

Apoyando la frente contra el cristal fresco, se preguntó cómo se tasaba una obra de amor. Odiaba lo que le había pasado a su madre. Odiaba la lenta marcha de la mujer que una vez había sido el sostén principal de su vida. De modo que la respuesta a la pregunta de Mikos era que no estaba contenta todos los días con lo que tenía que hacer. Pero no por los motivos que él podía pensar.

Giró la cabeza para mirarlo.

—Algunos días son mejores que otros —dijo—. Supongo que eso se aplica a todos los trabajos.

—Cuéntame.

—¿Qué?

—De tu trabajo. Has dicho que vives en una de las islas del Golfo.

—Así es.

—¿No es incómodo? Si la memoria no me falla, están a bastante distancia del continente. Habría considerado que eso limitaría a una escritora interesada en cubrir la alta sociedad internacional.

—Mucha gente vive en las islas y va a trabajar a Vancouver. Si es necesario, puedo ir en hidroavión en veinte minutos.

—Pero ¿qué hizo que una mujer joven como tú volviera a vivir en la casa familiar?

—¿Cómo sabes que vivo en la casa familiar?

—Tú misma me lo dijiste cuando bailábamos.

¡Santo cielo! Iba a tener que mantener a raya a su lengua o las sospechas de él se iban a disparar. ¿O simplemente la distraía con la intención de que no notara que habían dejado la ciudad atrás y se acercaban a un puente que cubría una extensión de agua oscura? ¿Un lago? ¿El mar? En ese último caso, ¿cuál?

De pronto, sus temores regresaron.

–¿Por qué no me dices adónde me estás llevando?

–A un lugar donde podamos estar solos.

–Ya estamos solos.

–No del todo –miró hacia el cristal tintado que los separaba del conductor–. Rara vez puedo escapar de mi trabajo, pero esta noche... –trazó levemente el contorno del labio inferior de ella con la yema de un dedo–. Esta noche, haré novillos. Contigo.

Después de cruzar el puente, atravesaron una ciudad pequeña en cuyas casas aún brillaban muchas luces.

–¿Seguimos en el continente?

–No. Estamos en Evia, nuestra segunda isla más grande después de Creta. Muchos griegos la consideran la más hermosa, pero como está tan cerca de la Grecia continental, a menudo los turistas la pasan por alto, y gracias a ello ha mantenido las costumbres y el encanto tradicionales.

Entrelazó los dedos con los de ella.

La sangre hirvió en las venas de Gina, no sólo porque el contacto le electrizaba los sentidos, sino por una creciente aprensión. Demasiado pronto, las luces de la ciudad se desvanecieron en la noche. Unos quince minutos más tarde, cruzaron un pueblo. Y al rato el coche se detuvo en una calle desierta, lejos de cualquier rastro de civilización.

–Ven –dijo Mikos, sacándola del vehículo en cuanto el chófer corrió a abrirles la puerta.

Le costó mantener el equilibrio en el empedrado con los tacones altos. Mikos la estabilizó y habló con el conductor, quien, para consternación de Gina, volvió a meterse en el Mercedes, dio la vuelta y regresó por el mismo camino.

A los pocos minutos, la noche sólo estuvo iluminada por la luz de las estrellas, el sonido del mar inquieto y el retumbar errático de su propio corazón. A su lado, Mikos se erguía alto y oscuro como un monolito.

–La verdad es que no me siento muy cómoda con esta situación –comentó con la voz más serena que pudo exhibir–. Exactamente, ¿qué es lo que tienes en mente?

–Un paseo por la playa. ¿Qué pensabas?

–Que son las tres de la mañana y que a esta hora la gente suele estar acostada.

Él rió en voz baja.

–¿Estás diciendo que preferirías estar en la cama conmigo, Gina?

La idea le había pasado por la cabeza a menudo en el transcurso de la velada y le agradó que la noche le ocultara el rubor que la embargó.

–No –espetó–. Digo que no entiendo por qué estamos aquí.

–Bueno, mira a tu alrededor –con el brazo en torno a sus hombros, la hizo girar hacia el agua–. Mira cómo el reflejo de las estrellas baila en el mar. Siente cómo el aire suave acaricia tu piel. Aspira la fragancia de los pinos y los laureles. Dime que preferirías estar sola en la habitación de tu hotel de Atenas, una ciudad que jamás duerme.

¿Cómo iba a ser así, cuando cada palabra que él decía representaba la innegable verdad?

–Esto es hermoso.

La acercó aún más.

—Entonces, destierra tus dudas y ven conmigo.

¿Tenía otra elección? ¿Quería tenerla? Que se arriesgara a romperse los dos tobillos mientras lo seguía a duras penas por un sendero estrecho hasta la playa, fue respuesta suficiente.

—Llevo sandalias de tacón alto –jadeó cuando al fin llegaron hasta la arena–, y no se prestan muy bien para ir por este tipo de terreno.

Él se encogió de hombros.

—Entonces, quítatelas –dijo, agachándose ante ella para rodearle el tobillo derecho con una mano–. Apóyate en mí.

Ejercía tal efecto sobre ella, que en ningún momento se le pasó por la cabeza negarse. Con docilidad, obedeció sin protestar, apoyando una mano en su hombro para mantener el equilibrio y levantar primero un pie y luego el otro.

—Ya está –comentó él–. ¿Y ahora?

La arena resultó fresca y suave en las plantas de sus pies y entre los dedos.

—Maravilloso –reconoció con un suspiro de alivio, aunque le perturbó que le resultara tan fácil lograr que hiciera su voluntad–. ¿Y ahora? –preguntó con un susurro mientras recogía un poco el bajo del vestido para no tropezar con él.

—Caminaremos por el borde del agua y regresaremos al pueblo. Está a sólo unos tres kilómetros y no tardaremos más de media hora.

De hecho, tardaron casi dos horas. No supo cómo, en el transcurso de ese tiempo, descubrió que iban tomados de la mano, y que él, de vez en cuando, le rozaba los labios con un beso fugaz.

Tampoco supo cuándo decidió abandonar la arena seca y dejar que las olas rompieran en torno a sus tobillos, sin importarle que le mojaran el vestido. Ni el momento en que Mikos se quitó los zapatos y los calcetines y se remangó un poco los pantalones para unirse a ella.

Ni le importó. Le bastaba, durante unas breves horas, creer en los cuentos de hadas, en que un príncipe atractivo descubriera a Cenicienta y la liberara de las preocupaciones de la vida real.

La magia no desapareció ni siquiera cuando los tejados del pueblo se alzaron contra un horizonte tocado levemente por la luz rosada del amanecer. Mikos la condujo más allá de una flota de barcos pesqueros que se mecían en un muelle de madera hasta un *kafenion* situado en la misma playa. Tenía las persianas de las ventanas abiertas y de ellas salía un poderoso aroma a café griego, al tiempo que derramaba luz sobre varias mesas y sillas de hierro en una terraza empedrada.

–Siéntate –invitó él, retirando una de las sillas.

Al hacerlo, Gina experimentó un escalofrío involuntario. El metal le resultó frío a través de la fina tela del vestido, y al dejar de moverse, el aire de la mañana fue duro contra sus piernas y pies húmedos.

Notándolo, él se quitó la chaqueta y la pasó alrededor de los hombros de ella antes de sentarse enfrente. Igual que Gina, seguía descalzo. La pajarita le colgaba suelta en torno al cuello de la camisa abierta. Pero aunque hubiera podido estropear lo que sin duda era un esmoquin de mil dólares, seguía mostrando esa seguridad que hacía que sobresaliera entre la multitud.

En ese momento apareció el dueño de la cafetería.

–Probablemente, es más fuerte que el café al que estás acostumbrada –comentó Mikos después de que el hombre les hubiera servido un vaso con agua a cada uno y una taza diminuta de lo que parecía un brebaje espeso coronado con una espuma marrón–, pero es como nos gusta a los griegos, en especial cuando hemos estado despiertos toda la noche.

–Está bien –dijo, conteniendo una mueca al tragarlo–. Mmm... ¿hoy tienes que trabajar?

–No. Los fines de semana me pertenecen y puedo hacer con ellos lo que me plazca. ¿Y tú?

«Mi tiempo también es mío», pensó, bebiéndose medio vaso de agua de un trago. Pero al recordar el motivo de su presencia en Atenas, dijo:

–Repasaré mis notas y empezaré con el artículo.

–Después de recuperar el sueño, por supuesto.

–Por supuesto –corroboró ella.

Él se apoyó contra el pequeño respaldo de la silla con la gracia indiferente de un gato en un cojín y la observó.

–¿Pudiste conseguir material suficiente para complacer a tu editor?

«No tienes que traerme nada, Gina, lo sabes», le había dicho Lorne MacDonald, su antiguo jefe, cuando recurrió a él para conseguir un pase de prensa para la fiesta de cumpleaños de Tyros. «Me encanta echarte una mano en lo que pueda. Pero si te ayuda a satisfacer tu conciencia, dame algo que pueda publicar... nombres de ricos y famosos, qué lucían las mujeres, qué bebían y comían, quién coqueteaba con quién. Ya conoces la rutina. Lo hiciste muy bien en los viejos tiempos».

–En realidad, no –le dijo a Mikos–. Esperaba disponer de la oportunidad de entrevistar al señor Tyros en persona, pero supongo que era esperar demasiado.

–Decididamente –convino él–. Ángelo ya casi no concede entrevistas privadas. Pero si tienes preguntas, probablemente yo pueda contestarlas, así que dispara.

Claro que las tenía, pero dudaba de que alguien, salvo Ángelo Tyros en persona, pudiera proporcionar las respuestas. Sin embargo, sí que tenía una cosa clara. De un modo u otro, lograría arrinconar al viejo miserable y obligarlo a satisfacer sus exigencias. No había vaciado su cuenta de ahorros ni recorrido todo ese camino para regresar a casa con las manos vacías.

Había demasiado en juego.

Capítulo 3

NO SEAS tímida, Gina –insistió–. Pregúntame cualquier cosa. Lo que quieras.

Ella bebió otro sorbo de café y tuvo un escalofrío por el sabor.

–Has mencionado que estaba viudo. ¿Se casó sólo una vez?

Él no pudo contener la sonrisa. El apetito de su jefe por las mujeres era legendario. Al mismo tiempo, le resultaba extraño que ella no se hubiera molestado en investigar un poco de antemano. Cinco minutos en Internet le habrían revelado que Ángelo había pasado por el altar en más de una ocasión.

–Cinco –respondió–. Su primera esposa, la madre de su hijo, falleció con cuarenta y pocos años. Se divorció de la segunda y de la tercera al año de casarse con ellas, de la cuarta a los seis meses y sobrevivió a la quinta, quien falleció hace ocho años.

–¿Crees que es propenso a volver a casarse?

–Es posible. A Ángelo no le gusta estar solo y le gustan las mujeres hermosas.

La risa de Gina, frágil como el hielo al romperse bajo presión, vibró como una nota discordante.

–En otras palabras, las usa.

–No –repuso sin vacilación–. No es lo que he dicho y espero que seas bastante precisa al citarme.

Unos puntos rojos encendieron sus mejillas y giró

la cabeza para estudiar a los pescadores que atendían sus redes.

–Lo siento. Ten la certeza de que trataré a mi protagonista con todo el respeto que se merece –replicó con rigidez.

Finamente tallado contra el pálido cielo de la mañana, su perfil podría haber servido como modelo para un camafeo de inigualable belleza y delicadeza.

–Yo también lo siento –le dijo él con sinceridad–. Lamento si he hablado con demasiada aspereza.

–No lo sientas. Sólo hacías aquello por lo que te pagan y ya me has dicho que el señor Tyros se ha ganado tu imperecedera lealtad. Debí recordarlo antes de realizar un comentario tan desconsiderado.

Algo no parecía sincero en su contestación.

–Casi suenas como si tuvieras motivos para sentir antipatía por Ángelo –comentó, mirándola con intensidad–, aunque eso carece de sentido, ¿verdad?, ya que no lo conoces. ¿O me equivoco al dar eso por sentado?

–En absoluto –repuso sin ningún titubeo en esa ocasión–. Quizá lo que oyes en mi voz es decepción por no haber tenido el placer de conocerlo. Pero eso plantea un punto interesante. Si es tan solitario, ¿por qué autorizó una fiesta de cumpleaños tan pública?

–Yo no usaría la palabra «solitario» para describirlo. Como ya he mencionado, le desagrada estar solo y le encanta rodearse de amigos. Pero como otros hombres muy ricos, se ha ganado su cuota de enemigos a lo largo de los años. De joven, eso le daba igual, pero a su edad, y comprensiblemente, se ha tornado más cauto y evita a los extraños a menos que tenga la certeza de que no albergan ningún mal hacia él.

–¿Hasta el punto de que le da miedo hablar con alguien tan inocuo como yo? –frunció la nariz–. ¿Qué cree que puedo hacer, apuñalarlo con el bolígrafo?

–Todo es posible –dijo–. El dinero es un afrodisíaco poderoso para aquéllos que no lo tienen, lo que lo convierte en blanco de individuos sin escrúpulos allá donde va.

Ella alzó otra vez la taza.

–¿En qué clase de objetivo?

–Sólo en el último mes, ha sufrido tres intentos de extorsión. Secuestro. Y, por supuesto, siempre se ve acosado por empresarios aficionados que aparecen de todas partes afirmando que son parientes perdidos. Si tuviera que creer a todos, en los últimos sesenta años habría procreado a unos quinientos hijos.

Ella se atragantó.

–Lo siento –dijo Mikos cuando la vio recobrar el aliento–. No era mi intención hacerte reír en el momento inoportuno.

Salvo que no se estaba riendo. En cualquier caso, la veía muy nerviosa, lo suficiente como para derribar el bolso de la mesa. Se abrió y desparramó casi todo su contenido sobre la terraza. Al inclinarse para recoger una barra de labios, lo atribuyó a un accidente fortuito. Cuando descubriera que le faltaba la llave del hotel, sabía exactamente cómo lo explicaría.

Aparte de un pañuelo de papel, que empleó para secarse las lágrimas de los costados de los ojos, metió todo de vuelta en el bolso y le dedicó una mirada enrojecida.

–De hecho –estornudó–, no me resultó divertido. En realidad, nada de lo que hasta ahora he averiguado acerca de Ángelo Tyros me parece divertido. No me preguntes la causa, porque no sabría ofrecerte una respuesta.

–Quizá se debe a la sencilla explicación de que estás extenuada. Puede que lo veas bajo una luz diferente una vez hayas descansado.

Ella ahogó un bostezo.

—De pronto me siento muy cansada.

—En ese caso, regresaremos a la ciudad. El coche está en la carretera, pero hay que subir un poco hasta allí. ¿Quieres ponerte los zapatos antes de emprender la marcha?

Ella se levantó de la silla e hizo una mueca.

—¡No, gracias! Mis pies aún se están recobrando y probablemente sigan así durante una semana.

Él se metió los calcetines en el bolsillo, se puso los zapatos y reclamó su chaqueta.

—Supongo que eso sólo me deja una opción —prescindió de las protestas de ella, la alzó en brazos, se la echó al hombro y fue hasta donde su chófer, cuyo rostro no delató expresión alguna, le sostenía la puerta abierta.

Gina aterrizó en el asiento de atrás en un montón de seda e indignación.

—¡Eso ha sido completamente innecesario!

Él apartó la mirada, peligrosamente excitado por la hermosa extensión de pierna expuesta mientras ella trataba de acomodársela.

—No desde mi punto de vista, Gina —repuso de forma vaga.

No recordaba haberse acurrucado contra él. Ni que la rodeara con el brazo y le apoyara la cabeza contra el hombro. Sólo cuando las bocinas del tráfico penetraron en su cerebro brumoso fue consciente de la suave camisa de algodón contra la mejilla, del contorno musculoso del torso bajo su mano y del calor aterciopelado de la piel de Mikos allí donde la tocaba.

Abrió los ojos y se aventuró a mirarlo. Él tenía la

vista clavada en la ventanilla, su expresión preocupada.

—No soy muy buena compañía, ¿verdad? —graznó por el sueño que aún la embargaba.

Mikos giró la cara y una sonrisa lo iluminó.

—¿Has oído que me quejara?

—No.

Pero deseó que lo hiciera, que dijera algo como «hemos perdido un tiempo precioso mientras dormías». En ese momento el coche entró en el patio de su hotel y el único comentario de Mikos fue:

—Te mantuve despierta hasta muy tarde. Se te ve cansada.

Ella se irguió y se arregló el pelo.

El chófer abrió la puerta. Mikos sacó sus largas piernas por el costado y se alzó en toda su estatura. Le extendió la mano.

—¿Gina?

Apoyó la palma de la mano en la de Mikos. Sintió que los dedos se cerraban con calidez alrededor de los suyos. Con un movimiento fluido hizo que se plantara descalza en el patio al lado de él. Consciente de que la ventana de la oportunidad se cerraba con rapidez, estudió los ojos verdes en busca de un indicio, de un vestigio de esperanza, de que volvería a pedirle que se vieran.

—Gracias por una velada maravillosa —dijo ella.

Él sonrió. Se acercó. Inclinó la cabeza y le dio un beso rápido en la boca.

—*Parakalo*. Duerme bien —murmuró.

Tan deprimida que le costó no ponerse a llorar, ella asintió, dio media vuelta y casi había llegado a las puertas del hotel cuando de repente él la llamó:

—¡Gina, espera!

Giró para mirarlo, con la esperanza bullendo por su

sangre. Sus sandalias de lentejuelas colgaban de la mano de Mikos.

—No te las olvides —indicó.

El momento de optimismo se hundió como plomo en su estómago. Aceptando los dichosos zapatos, musitó un «gracias» apagado y con rapidez entró en el hotel antes de quedar como una absoluta tonta.

Sintiendo una lástima patética por sí misma, subió en el ascensor hasta su habitación de la cuarta planta y al llegar allí descubrió que había perdido la llave. No tenía ni idea de dónde, cuándo o cómo había sucedido, pero sí que era la gota que colmaba el vaso y, dando rienda suelta a su frustración, se desahogó con una sólida patada a la puerta.

Lo único que sufrió fue el dedo gordo. Saltó sobre el pie a medida que un dolor agónico le recorría el otro y gritó con la suficiente fuerza como para lograr que una camarera saliera corriendo de la habitación de al lado. Captando la situación a primera vista, musitó unas palabras de simpatía con un inglés quebrado y extrajo su llave maestra para abrir la puerta del cuarto. Luego, ayudándola a llegar hasta un sillón próximo a la ventana, se marchó y regresó al rato con un cuenco de plástico lleno de cubitos de hielo.

Sin rodeos, metió el pie de Gina en el cuenco.

No supo si se puso a llorar por el efecto del hielo sobre el dedo lesionado, porque alguien cuidaba de ella para variar o, simplemente, por la culminación de una fatiga que había estado creciendo durante meses. Lo único que supo Gina fue que un instante sonreía con valor y al siguiente lloraba sobre el pecho maternal de la camarera, que le acarició el pelo y murmuró palabras griegas de consuelo que, de algún modo, lograron superar la barrera del idioma.

—Lo siento —hipó cuando volvió a recuperar el control–. No sé qué me ha pasado desde que llegué aquí, pero me he vuelto demasiado emocional.

–*Neh, neh* –entonó la camarera–. *Neh, katalaveno.* Entiendo.

Gina sonrió con melancolía. «No, no lo entiendes, pero que lo digas hace que me sienta mejor».

La mujer también sonrió y se señaló el pecho.

–*Apostolia.* ¿Usted?

–Gina –repuso, comprendiendo.

La camarera asintió.

–¿Está bien, Gina?

–Sí, mucho mejor. Gracias –señaló la puerta–. Debería irse, no quiero que se meta en problemas por mí. Pero gracias otra vez, Apostolia. Ha sido muy amable. *Efkharisto.*

–*Parakalo* –Apostolia asintió por última vez y se marchó, cerrando la puerta con suavidad a su espalda.

Con la vista clavada en la luz de la mañana, el dedo del pie palpitándole y los ojos arenosos por la falta de sueño, vio las últimas diez horas como lo que realmente habían sido, un interludio glamuroso y romántico tan efímero como el polvo de estrellas.

Había conocido a un hombre que la había hecho sentir otra vez una mujer. Había coqueteado con ella y hecho que pasara unas horas que jamás olvidaría.

Pero había percibido una ambivalencia en él, y no causada porque afirmara que no confiaba en sí mismo, sino porque no estaba seguro de poder confiar en ella.

¿Por qué? ¿Qué había en ella que lo impulsaba a retraerse? ¿La había visto demasiado ansiosa? ¿Demasiado anhelante?

«Debí ser yo quien pisara el freno», pensó consternada. «Es una pena que no golpeara la puerta con la cabeza. Me habría venido bien que algo me impusiera un poco de sentido común».

Un vistazo al reloj de la mesilla le indicó que eran las ocho de la mañana del sábado, lo que hacía que fueran las nueve de la noche del viernes en la Costa Oeste de Canadá. Un buen momento para llamar a casa. Su madre estaría acostada, permitiendo que Lynn O'Keefe, la cuidadora temporal, disfrutara de libertad para hablar. Fue a la mesa y alzó el auricular del teléfono.

Lynn contestó a la primera llamada.

–Esperaba que fueras tú –dijo–. ¿Cómo es Atenas?

–Calurosa, ruidosa, exótica y agotadora –respondió Gina–. ¿Cómo está mamá?

–Ha tenido un buen día. Esta mañana nos dedicamos a recoger caracolas en la playa, luego fuimos a comer a la ciudad y después tomamos un helado en el parque.

–¿Crees que se da cuenta de que me he ido? ¿Me echa de menos?

–No lo creo –repuso Lynn con amabilidad–. La mayor parte del tiempo está en su propio mundo. Ya sabes cómo es para ella, Gina.

–Sí –la inundó una súbita culpa al darse cuenta de que no le había dedicado más que un pensamiento fugaz a su madre en las últimas doce horas–. ¿No te olvidarás de darle su medicación?

–¡Claro que no! Escucha, ella no es la única que se encuentra bajo órdenes del médico. Se supone que tú debes aprovechar al máximo tu tiempo libre y no preocuparte por lo que pasa en casa. Si surge una emergencia, te enterarás. De lo contrario, puedes dar por hecho que todo está bajo control. Así que deja de preocuparte y disfruta.

–Lo intentaré.

Pero sabía que no sería fácil. Preocuparse había pasado a formar parte de su rutina diaria, como cepillarse los dientes, y estar a miles de kilómetros no hacía nada para cambiar eso.

–No debes preocuparte –dijo Theo Keramidis–. Está limpia.

–¿Estás seguro?

–Mikos, repasé esa habitación de hotel de arriba abajo. Créeme, si tuviera algo que esconder, lo habría encontrado. Todo está en orden, desde el pasaporte hasta las etiquetas de su equipaje. Es quien dice ser. Busqué su revista en Internet y leí artículos pasados que había escrito. Es legítima, hasta sus mismas braguitas de algodón.

La idea de que Theo hubiera hurgado entre su ropa interior le dejó un mal sabor de boca.

–Gracias otra vez, Theo. Yo me ocuparé del asunto a partir de aquí.

–No lo dudo ni por un minuto –sonriendo, el agente de seguridad se dirigió a la puerta, pero en el último segundo se detuvo–. A propósito, había una discrepancia, pero tan leve que dudo de que sea importante. Se llama a sí misma Gina, pero su nombre completo es Angelina Maeve Hudson, y si sirve de algo, cumplirá veintinueve años el cinco de agosto.

Archivando la información en un rincón de su mente, salió a la terraza del ático. Hacía un calor inusual incluso para Atenas, y en circunstancias normales se habría marchado a la isla a pasar el fin de semana.

Pero había visto la decepción en los hermosos ojos castaños cuando ella se despidió, y supo que él se la había provocado. Aunque no le había quedado otra alternativa hasta no saber con certeza que la historia de Gina era verdadera. La pena era que no había encontrado otra manera de verificar sus credenciales excepto enviando a Theo a violar su intimidad.

Tal como a Ángelo le gustaba recordarle, ése era el precio de hacer negocios, y cuando se trataba de cuestiones de seguridad, Mikos sabía que el anciano tenía razón. Aunque a veces eso hacía que se sintiera tan sucio que ninguna cantidad de jabón y agua caliente podían eliminar el olor.

El sol proyectaba sombras largas sobre la pared cuando una llamada despertó a Gina. Sorprendida, vio en el reloj de la mesilla que eran las siete pasadas. Había dormido casi doce horas seguidas.

Se levantó, se puso la bata de algodón, anudándose el cinturón, y fue con andar somnoliento a la puerta. El dedo gordo aún le palpitaba un poco cuando se apoyaba en él, pero se dijo que sobreviviría.

–Un segundo –dijo antes de ir al cuarto de baño a limpiarse la cara del maquillaje corrido.

Pero o bien quien llamó no la había entendido o bien no podía dedicar el tiempo a esperar, porque cuando se asomó por la mirilla, no vio a nadie en el pasillo.

Ante la puerta le habían dejado un enorme arreglo floral.

Descubrió que se trataba de al menos tres docenas de rosas de tallo largo, rojas, distribuidas en un alto jarrón de cristal.

En recuerdo de una noche inolvidable, ponía la tarjeta. Y por si eso no bastara para elevarle el corazón, sí lo hizo la firma de Mikos.

Entró el jarrón y lo depositó en el tocador cuando sonó el teléfono.

–Bueno, ¿te sientes más descansada ahora?

La pregunta se la hizo la voz que había creído que no volvería a oír.

–Oh, mucho –repuso, aturdida por un júbilo que desafiaba todo lo que su sentido común le había dictado antes.

–¿Lo suficiente como para pasar otra velada conmigo?

Era más que lo que se había atrevido a esperar.

–Me encantaría, siempre y cuando me concedas una hora para prepararme –lanzó otro vistazo al espejo–. De hecho –corrigió al verse los ojos hinchados–, que sean dos.

–Entonces, pasaré a recogerte a las nueve.

–Perfecto. Ah, Mikos, gracias por las flores. Son preciosas.

–Como tú –y colgó.

Su madre se arreglaba sin ella. Tenía una cita con el hombre más excitante que jamás había conocido. Durante un rato al menos, su mundo giró en completa armonía. Le resultó una experiencia embriagadora, que pretendía disfrutar sin temor a lo que pudiera deparar el mañana.

Capítulo 4

EL DUEÑO de este sitio –le dijo Mikos, guiándola al interior de un restaurante pequeño situado en un rincón de una plaza tranquila cerca de los alto de Lycabettus Hill– sirve el mejor *ouzo* de Atenas, quizá de toda Grecia.

A Gina le daba igual que sirviera agua del grifo. Estaba demasiado encantada con su entorno. Los restos del crepúsculo dorado se demoraban sobre el mar, en ese momento más púrpura que rojo.

Toda Atenas se extendía a sus pies, moteada por un millón de luces de diferentes colores y, como siempre, dominada por la extraordinaria silueta de la Acrópolis. Detrás de ella, unas vides en flor se extendían sobre paredes de tonalidades pastel. Y lo mejor de todo, estaba Mikos, concediéndole toda su atención, su sonrisa cautivadora, su mirada más potente que un beso.

Después de la llamada, había dedicado cierto tiempo a meditar en qué ponerse, aunque sus elecciones eran limitadas, ya que no había previsto ningún tipo de vida social aparte de la fiesta de cumpleaños. Teniendo en cuenta que el dedo magullado del pie la limitaba a unas sandalias bajas, al final se había decantado por una falda blanca con vuelo de un algodón tenue con hebras plateadas y un top a juego con escote acentuado. Acompañado por un cinturón rojo ancho, el atuendo mantenía un equilibrio cómodo y elegante entre lo formal y lo informal.

El hotel le había dado una segunda llave, pero el director le había advertido que tuviera cuidado.

«Uno nunca sabe, *kyria*, quién podría encontrarla. Los hoteles antiguos y pequeños como el nuestro no ofrecen la seguridad en las habitaciones que dan los establecimientos más nuevos. No sería la primera en descubrir que le faltan objetos valiosos de la habitación».

No es que tuviera algo de valor real salvo el pasaporte y el billete de avión, aunque su pérdida sería catastrófica, en especial si desde casa le pidieran que volviera sin aviso previo. Con ello en mente, al bajar pasó por la conserjería para pedir que se los guardaran en la caja fuerte del hotel. Después de doblar el recibo, había salido al patio.

Mikos había llegado casi de inmediato, conduciendo un último modelo de Jaguar XJ. En ese instante había conocido un momento de pánico. Poderosamente aerodinámico, el vehículo había insinuado una velada de glamur sofisticado que ella no había anticipado. Como la llevara a un sitio en el que todos los hombres llevaran trajes y corbatas y las mujeres lucieran vestidos elegantes y de marca, se notaría lo informal que estaba para la ocasión.

Pero su preocupación fue breve. Cuando bajó para saludarla, vio que Mikos iba tan informal como ella, a pesar de que los pantalones de algodón gris a medida y la camisa de manga corta de color crema que llevaba costaran más que lo que ella ganaba en un mes.

En ese momento, sentado frente a ella, con una vela titilante proyectando sombras juguetonas sobre su piel bronceada, estaba arrebatador, tanto como para que a una mujer le resultara fácil perder la cabeza por un hombre así.

No se había dado cuenta de que lo miraba fijamente

hasta que él levantó la vista del menú, la sorprendió y preguntó:

–¿Tienes hambre?

«¡Pero no de comida!».

Conteniéndose con dificultad, repuso con indiferencia:

–Supongo que un poco.

–¡*Eksertikos*! Eso hace que sea una cena más interesante. Empezaremos con un poco de *ouzo* y unos *mezedes*. ¿Te gustan el pulpo, los calamares y los calabacines?

–Todo lo que has mencionado –afirmó, aunque no estaba tan segura del *ouzo*, que sólo había probado una vez años atrás, sin que le entusiasmara demasiado.

–Una mujer fácil de complacer –Mikos asintió con gesto de aprobación–. Eso me gusta.

«¡Y tú me gustas, más de lo que es bueno para mí!».

Ajeno a su estado mental, él llamó al camarero, quien les llevó a la mesa *ouzo* y una jarra de metal con agua helada. Luego los dos hombres entablaron una conversación animada que, aunque completamente ajena a su comprensión, le dejó bien claro que se conocían.

–Debes de venir aquí a menudo –comentó cuando volvieron a quedarse solos.

–Al menos una vez a la semana –dijo Mikos–. Mi apartamento está cerca.

–¿Y el señor Tyros?

–Tiene una casa en Kolonaki para cuando está en la ciudad y otra en Evia, con vistas al Egeo –añadió agua helada al *ouzo* de ambos, que adquirió una tonalidad blanca lechosa–. Antes, solía pasar la semana en Atenas e iba a la isla sólo los fines de semana, pero últimamente, se ha acostumbrado a quedarse cada vez más en Evia, en especial durante el verano.

Gina le dio las gracias con un gesto cuando Mikos empujó el vaso hacia ella.

–Mencionaste que tú también tienes un refugio en una isla.

–*Neh*, en Petaloutha, que significa «mariposa». Es un lugar mágico situado al sur, en las Cícladas.

–¿Pasas mucho tiempo allí?

–Siempre que puedo, lo que significa casi todos los fines de semana.

–Pero no éste.

–No –la miró con ojos intensos–. Este fin de semana me vi tentado por un hechizo diferente.

Menos mal que el camarero regresó en ese momento con una bandeja llena, ya que no sabía si hubiera podido responder con cierta coherencia. Para cubrir su ausencia de respuesta, fingió mostrar interés en la variedad de canapés y entrantes depositados sobre la mesa.

Aceitunas, tomates secados al sol, *tzitiki* y calamares que reconoció y, por supuesto, el maravilloso pan recién salido del horno. De otros platos no estuvo segura, entre ellos unos pequeños trozos de carne flotando en una sustancia gelatinosa.

–*Spetsofai* –explicó Mikos–. Es una *loukanika*, una salsa griega de sangre hecha de cordero y cerdo, condimentada con pimienta negra y piel de naranja –hizo sonar el borde de su vaso contra el de ella–. Por una velada de descubrimientos para los dos. ¡*Isiyian*!

–Salud –repuso, bebiendo con valentía parte de su copa.

–Bebe despacio –advirtió él con una sonrisa–. Queda noche por delante y preferiría que estuvieras bastante sobria para disfrutarla conmigo.

–Yo también –rió–. Probablemente debería haberte advertido de antemano que no soy una buena bebedora.

–No tienes que decirme nada, Gina –musitó–. Ya sé
todo lo que necesito saber sobre ti, y es que me satisfaces mucho, en todos los sentidos.

¡Santo cielo! ¡Era embriagador, y sin necesidad de
recurrir al alcohol!

–De hecho –comenzó ella, instada por su conciencia a revelar parte de la verdad–, sabes poco sobre mí.
La gente siempre tiene capas ocultas... motivos e impulsos y... *misterios* que no se ven en la superficie. En
mi caso, he venido a Grecia porque...

–¡Detente! –le cubrió la mano con la suya–. Ya sé
para qué has venido a Grecia. Más que eso, sé que eres
hermosa por dentro. Veo pasión en tus maravillosos
ojos. Oigo música en tu voz. Percibo generosidad y
amabilidad en tu espíritu. Para mí, eso basta. El único
misterio es por qué ningún otro hombre te ha recla-
mado antes, algo por lo que estoy agradecido.

–Pero, Mikos...

–No. Si querías desanimarme, no deberías haber
aceptado cenar conmigo. No deberías haber dejado
que te besara.

–Bueno, no lo has hecho. No esta noche, en todo
caso.

Él rió.

–¡Todavía! –le apretó la mano–. Borra ese ceño ansioso. Tengo treinta y cinco años, Gina. Edad suficiente para que sepa lo que quiero. Y con experiencia
suficiente como para ver más allá de la superficie de la
gente a la que conozco. Lo bastante inteligente como
para reconocer un regalo cuando se me presenta.

–Puede ser, pero...

Volvió a interrumpirla.

–¿Crees que tú conoces todos mis secretos?

–No, claro que no.

–Entonces, ¿por qué yo debería conocer los tuyos?

Todo el mundo tiene un pasado, *karthula mou*, y tenemos que vivir con los errores que forman parte de él. Pero el hoy y el mañana son nuestros para modelar a nuestro antojo.

Debería haberlo detenido entonces. Explicado que sus circunstancias no le permitían mucha planificación del futuro. Pero, de algún modo, las dificultades y preocupaciones que la esperaban en casa en ese momento parecían muy lejanas, y en ese sentido, él tenía razón. En ese instante, en ese encantador restaurante, tenía elecciones. Podía pedirle que la llevara de vuelta al hotel y olvidar que se habían conocido, o podía quedarse y dejar que la naturaleza de las cosas siguiera su curso, a pesar de lo limitado que podía ser.

Cuando se despidiera de ella al regresar a Canadá, la besaría con el corazón intacto. Entonces, ¿era tan erróneo por su parte guardar unos recuerdos indelebles propios que la ayudaran a seguir cuando el futuro pareciera demasiado sombrío?

—¿Sabes? —dijo con voz trémula—, de repente ya no estoy tan hambrienta, después de todo.

—¿Has comido antes?

—No. No he probado bocado desde anoche.

—Entonces, comerás ahora. Un vaso de *ouzo* no es sustituto de un buen alimento —tomó un trozo de pan y lo mojó en el *tzitiki*—. Toma, empieza con esto.

Gina comprendió que cuidaba de ella; hacía tanto tiempo que nadie lo hacía, que tuvo que tragarse el súbito nudo que se le formó en la garganta. Controlando sus emociones, se centró en la comida.

—¿Y bien? —la miró serio mientras probaba el *tzitiki*.

—Está bueno —dijo—. De hecho, mejor que bueno. El pan es delicioso.

—*Neh*. A los griegos nos encanta nuestro pan. Ahora prueba un poco de calamares.

–¿Y tú? ¿O piensas quedarte ahí sentado y mirarme comer?

–Las dos cosas –los ojos le brillaron con humor–. Vamos a darnos un festín pausado.

Y así lo hicieron durante las siguientes tres horas. Mikos pidió una botella de excelente Boutari Moschofilero para acompañar el plato principal, una pasta de cangrejo de río con una fabulosa salsa de tomate.

De postre, insistió en que probara la tarta de albaricoque y pistacho, que tomaron íntimamente con un único tenedor.

Finalmente, compartieron la sobremesa con un expreso y un *metaxa*, con la atmósfera entre ambos vibrando con el conocimiento de que aunque la cena podía estar llegando a su final, la noche no había hecho más que comenzar.

–¿Vendrás conmigo? –preguntó él cuando abandonaron la plaza.

Gina sabía lo que le preguntaba.

–Sí –respondió, y le tomó la mano.

Condujo las pocas calles que había hasta su apartamento, aunque esa definición no le hacía justicia, ya que ocupaba la totalidad de la última planta de un bonito edificio antiguo que había sido rehabilitado sin sacrificar nada de su encanto original.

El interior estaba elegantemente acabado con suelos de mármol y antiguas molduras de roble alrededor de las puertas y las ventanas. La decoración elegida por Mikos, ecléctica y reflejo de un gusto impecable y caro, encajaba a la perfección en ese entorno, tal como descubrió al disponer de libertad para mirar cuando él fue a contestar una llamada telefónica.

En el salón, unos sofás de piel de color verde oscuro se agrupaban en torno a una pesada mesa de centro de cristal. Una gran pantalla de televisor y un equipo de música llenaban casi toda una pared. En el otro lado, unas librerías empotradas se veían atestadas de libros. Unas lámparas estratégicamente distribuidas proyectaban charcos de cálida luz ambarina.

A través de un arco abierto a la derecha, una mesa de comedor de cristal, ocho sillas de respaldo alto y una vitrina llena con cristalería exquisita brillaban bajo el tenue resplandor de las luces empotradas en el techo. Y en cada giro, magníficas vistas panorámicas de la ciudad y del mar iluminado por la luna daban la sensación de estar flotando a mitad de camino entre el cielo y la tierra.

Pero a pesar del lujo, el ático mostraba señales de que también era un hogar. Un periódico se había deslizado al suelo, junto a un par de zapatos negros. Un jersey ligero colgaba del respaldo de uno de los sofás. Un fajo de cartas sin abrir llenaba una mesa lateral, que también exhibía la fotografía de una mujer. Por la ropa y el estilo del peinado, debía de ser de unos treinta años atrás. ¿La madre de Mikos? La alzó para examinarla mejor, hasta el punto de darle la vuelta para ver si algo escrito en la parte de atrás podía proporcionarle una pista.

Avergonzada por catalogar de forma tan descarada los detalles de su vida privada, dejó la foto y se volvió hacia las puertas de cristal y el aspecto menos personal del jardín de la terraza. Era un refugio idílico en el corazón de la ciudad. Sabía que si ella viviera allí, jamás querría marcharse.

No fue consciente de que Mikos se hallaba detrás de ella hasta que le rodeó la cintura con los brazos.

—La piscina no es muy extensa para nadar unos largos, pero si quieres podemos refrescarnos en ella más tarde.

—No he traído traje de baño —musitó con el corazón desbocado.

–Y no te lo pondrías, aunque tuvieras uno –le alzó el cabello y pasó los labios por su nuca–. ¿Me tienes miedo, Gina? –susurró.

Su proximidad la electrizó de la cabeza a los pies y la dejó flotando en una palpitante expectación.

–No –murmuró–. Tengo miedo de mí, del modo en que me haces sentir.

–¿Y es, *karthula mou*?

–Absolutamente segura de que me encuentro donde quiero estar. Cuando estoy contigo, el resto del mundo deja de existir.

–Lo sé –convino él con voz ronca–. Lo sé. Para mí es igual. Ha sido así desde que te conocí. Hasta ahora, he estado marcando el tiempo, esperándote a ti, aunque no conociera ni tu nombre ni tu cara. Sin embargo, cuando te miré a los ojos, te reconocí de inmediato y, con pasmosa facilidad, me sentí completo.

Sus palabras capturaban precisamente algo que escapaba a toda explicación lógica, pero tan real y tangible como el suelo que tenía bajo los pies.

La pegó más a él. Se hallaba poderosamente excitado, duro, grande y fuerte contra el contorno suave de su trasero.

–¿Dejarás que te ame, Gina?

«Está mal», reprendió esa condenada voz puritana en su cerebro. «No te acuestes con un hombre en la primera cita».

Pero la verdad era que nada le había parecido jamás tan correcto, bueno y maravilloso.

«¡Cállate!», replicó mentalmente y se dio la vuelta en el círculo de los brazos de Mikos.

–Sí –suspiró–. Oh, sí, por favor...

No hablaron después de aquello, porque no hubo necesidad de palabras cuando los labios, las lenguas y las manos se manifestaron con otro idioma distinto y más elocuente. No hubo incomodidad mientras se desvistieron. Ninguna vacilación en el modo en que descubrieron sus cuerpos. Sólo una reverencia lindante en lo espiritual. Una familiaridad que parecía nacer de otra época, de otra vida juntos, mucho antes de que hubiera comenzado ésa.

Era perfecto. Impresionantemente dotado en los sitios adecuados. De hombros anchos, de pecho profundo, de cintura y caderas estrechas, magníficamente erecto y viril. Tenía las piernas largas y musculosas y el vello oscuro que le delineaba el pecho sedoso al contacto.

El primer orgasmo la sacudió mientras se hallaban entre la ropa abandonada en el salón. Le tomó con gentileza el pezón entre los dientes y al mismo tiempo la tocó entre los muslos, haciéndola explotar. Luego la alzó en brazos y la llevó por el pasillo hasta el dormitorio. Otro espacio separado de la noche por una pared de cristal que inundaba el cuarto con luz de luna. La cama, alta y ancha, ocupaba el centro de la habitación.

El colchón los aceptó con un suave suspiro. Entonces él hizo con los labios lo que antes había hecho con los dedos. Soslayando el leve murmullo de sorpresa de Gina, le separó las piernas, enterró la boca en su núcleo y con la lengua jugó sobre la piel sensibilizada. Entonces la asaltó un segundo orgasmo, tan intenso que no pudo suprimir un ligero grito.

La relajó con prolongadas caricias hasta que ella pudo volver a respirar, y luego le ofreció placer una tercera vez, llevándola de forma implacable hasta el borde mismo del delirio. Se oyó a sí misma suplicarle que fuera a ella. Lo sujetó por los hombros y le pasó las uñas por la espalda, moviendo la cabeza de un lado a otro en una agonía de impaciencia que se negaba a verse satisfecha hasta que él se enterrara en sus ardientes profundidades. Lo que hizo, pero no antes de sacar un preservativo del cajón de la mesilla y ponérselo.

En cuanto la penetró, la atracción magnética que los había llevado hasta ese punto se elevó, se encendió y estalló alrededor de Gina. La poseyó tan completamente, con una delicadeza tan exquisita, que se quebró una y otra vez.

Encerrada en su abrazo, probó la sal del sudor de su piel al entregarle generosamente a ella lo que Mikos se afanaba por contener para sí mismo, y cuando, sin advertencia previa, la llevó a otro clímax explosivo, pensó que podía morir de la conmoción.

Sumida en ese frenesí, lloró, gimió, gritó su nombre. Le rodeó las caderas con las piernas y lo pegó a ella. Finalmente, con un instinto ajeno a todo lo que había hecho antes, le asestó el golpe de gracia deslizando las manos entre los cuerpos unidos para acariciar las pesadas bolsas que había entre sus piernas.

En ese momento, él dejó escapar un gemido fracturado. El cuerpo se le tensó brevemente y luego se sacudió de manera incontrolada mientras la embestía una y otra y otra vez.

La calma que siguió fue ensordecedora en su silencio. Entumecedora en su densidad.

Pero, asombrosamente, nada había cambiado. La luna seguía brillando en el cielo. La piscina continuaba enviando reflejos de agua que danzaban en el techo.

Pero ella era diferente.

Jamás volvería a ser la misma. Y no sólo porque era un amante generoso que le había enseñado más sobre su cuerpo que lo que había aprendido en sus veintiocho años de vida.

Sino porque no le gustaban los juegos. Miraba a los ojos y exponía su deseo sin adornarlo con promesas que no podría mantener. Usaba protección, y no ocultaba el hecho de que guardaba preservativos en su mesilla. Era lo que su ex novio jamás había sido: lo bastante sincero como para reconocer la verdad y lo bastante fuerte como para no esconderse de ella.

Paul había alardeado de hacer lo correcto por ella, cuando lo que en realidad quería era que su madre no fuera parte del equipaje del matrimonio.

«No sería justo por mi parte obligarte a mantener el compromiso», se había lamentado con una expresión tan transparentemente falsa que ella había estado a punto de vomitar. «Debes anteponer siempre a Maeve. No puedo pedirte que te comprometas conmigo. Me parte el corazón, pero voy a liberarte de tu promesa de casarte conmigo».

«Gracias, Paul», pensó en ese momento. «Jamás sabrás el favor que me hiciste».

Se había quedado dormida. Observando el movimiento regular de sus pechos al subir y bajar, se maravilló de lo joven que parecía, suavizada por el sueño la expresión de preocupación.

Con cuidado de no despertarla, subió la sábana para taparla.

Para él, dormir quedaba descartado. El sabor de Gina aún permanecía en su lengua. Los gritos jadeantes y desesperados reverberaban en sus oídos. Al cerrar los ojos, podía ver los muslos finos y pálidos, coronados por ese triángulo de vello sedoso, la confianza con que se había abierto a él.

Se levantó con sigilo y fue en silencio al cuarto de baño. Abrió la ducha y ajustó la temperatura del agua hasta que salió casi fría. Verla dormir lo había dejado tan dolorosamente próximo a tomarla otra vez, que al enjabonarse estuvo a punto de explotar de nuevo.

Pero no eran sólo su belleza física o su sexo lo que le resultaban irresistibles. El hecho era que todo en ella le encantaba.

Le encantaba su lengua a veces afilada, el modo en que mostraba las garras cuando se sentía amenazada. Le encantó la expresión de preocupación que había mostrado al ver a un niño correr sin vigilancia por los muelles cerca del amanecer, y cómo se había relajado al ver que lo seguía el abuelo.

Su cuerpo hermoso albergaba un corazón y un alma hermosos, de ésos que un hombre aprendería a amar si no se andaba con cuidado.

¿Podría estar enamorándose de ella?

Aturdido, se quedó quieto, esperando que las agujas heladas del agua le devolvieran la cordura a su cerebro. No se hallaba en territorio familiar con la palabra «amor». «Gustar, respetar, admirar, desear...». Eso lo reconocía y podía manejarlo. Pero salvo en los primeros años de su vida, el «amor» lo había esquivado. Ni una vez desde la muerte de su madre lo había conocido. Y salvo a ella, jamás lo había dado. Lo más cerca que había estado era con la devoción y la gratitud que le inspiraba Ángelo, el hombre que le había ofrecido una figura paternal cuando nadie más había querido el papel.

Entonces, ¿qué diablos se había apoderado de él que, de pronto, estaba tan predispuesto a decirle «te amo» a una mujer a la que había investigado antes de confiar lo suficiente en ella como para seducirla?

GINA despertó con unas sombras púrpura ace-
chando en el rincón de una habitación que no
reconoció de inmediato y con una vibración
persistente que no pudo identificar. Sentía unos dolo-
res placenteros por todo el cuerpo. Se humedeció los
labios y recordó otra boca sobre ellos. La piel de la
cara, del cuello, de los pechos y de los muslos le ardía
un poco, como si la hubiera raspado un papel de lija
muy fino. Las sábanas tenían el olor inconfundible de
un hombre, una mujer y sexo.

Entonces lo recordó todo. La reacción de su cuerpo
a los recuerdos fue inmediata e inequívoca. El calor se
enroscó en su interior y salió disparado por todo su
cuerpo. La dejó tan húmeda y ansiosa de él que gimió
el nombre de Mikos en voz alta.

Al no obtener respuesta, se incorporó sobre un codo
y se dio cuenta de que estaba sola. Pero un hilillo de
luz que se filtraba por debajo de una puerta cerrada,
más el sonido que en ese momento reconoció como el
de una ducha, le indicaron dónde lo encontraría.

El cuarto de baño era enorme y lujoso. Más grande
que el dormitorio de su primer apartamento, con una
bañera hundida en un rincón con vistas a una parte privada del jardín de la terraza. Le extrañó no ver vapor
en la cabina de la ducha.

Ajeno al público que tenía, él le daba la espalda, de
pie bajo los chorros palpitantes que le pegaban el pelo

oscuro al cráneo y que caían en remolinos por sus hombros y su espalda. Siguiendo el camino que recorrían, posó la mirada en esos glúteos tensos y en los muslos musculosos.

Tragó saliva y respiró hondo, con el apetito que la había impulsado a espiarlo con tanto descaro creciendo hasta tornarse en algo voraz ante esa simetría perfecta. Como una sonámbula, entró en la ducha y se anunció abrazándolo y plantándole un beso en una pequeña cicatriz con forma de estrella que él tenía en el omóplato izquierdo.

Durante un instante breve, eléctrico, él se puso rígido, de tal manera que Gina lamentó la audacia mostrada. Pero entonces Mikos llevó una mano atrás para posarla sobre el trasero de ella y pegarla con fuerza contra su cuerpo. Con la otra, le guió la mano más allá de la cintura hasta su miembro viril, erguido con dureza y urgencia contra su estómago.

Aunque el agua salía tan templada que estaba casi fría, Mikos estaba caliente al tacto. Caliente y sedoso y palpitante, y tan cerca de alcanzar el orgasmo que cuando ella incrementó levemente la presión de los dedos, comenzó a tenerlo.

Al notarlo, soltó un gemido ronco y primitivo. Con un movimiento rápido y fluido, se dio la vuelta, deslizó las manos bajo el trasero de ella y le plantó las piernas alrededor de la cintura. Luego, pegándole la espalda contra la pared transparente de la cabina, la penetró con fuerza y celeridad, embistiéndola varias veces mientras en todo momento se vertía furiosamente en ella.

Al principio, sintió su simiente quemándole la piel delicada del interior de los muslos. Luego, sólo lo sintió a él, dentro de ella, donde estaba su lugar, invocando un abandono tan bendito y ciego que la cautela y las posibles circunstancias dejaron de existir.

El cuerpo se vio sacudido por la fuerza explosiva de los espasmos que la convulsionaban. Los pulmones le quemaron. La sangre atronó en sus venas. Hundió los dientes en su hombro. Y estalló en sollozos entrecortados por el torrente de emoción que la desgarraba.

–Shhh, *mana mou. S'agapo* –jadeó, cubriéndola con su cuerpo grande como para protegerla–. No llores. Todo está bien.

Se aferró a él, demasiado aturdida como para pedirle que le tradujera las palabras griegas. Demasiado conmocionada por la profundidad de la atracción que sentía por él. «¡Sólo han pasado veinticuatro horas!», murmuró una parte lejana y apenas funcional de su cerebro. «No permitas que te importe tanto».

Pero le importaba. Más que nada en el mundo.

–Tengo miedo –dijo con voz entrecortada, como una niña enfrentada a la oscuridad.

–¿Miedo de qué, *karthula mou*?

–De ir demasiado rápido. Me estás arrastrando demasiado profundamente a tu mundo, y no es el sitio que me corresponde. Tenemos que hablar, Mikos.

–*Neh* –la bajó con gentileza al suelo alicatado, giró el control hasta que el agua salió caliente y, después de ducharse, sacó una toalla enorme del anaquel que había en el extremo de la cabina–. Prepararé café, veremos salir el sol y diremos todo lo que haya que decir –le indicó, envolviéndola en la toalla–. Pero debes saber una cosa. No debes tener miedo de mí. Estoy aquí. Me ocuparé de todo.

Sabía que no era así de simple y que jamás lo sería, pero Mikos hablaba con tal autoridad, que estuvo dispuesta a suspender su incredulidad.

Se secó, se puso un albornoz igual al que llevaba él, se subió las mangas y lo siguió a la cocina.

Igual que todas las habitaciones, también ésa daba al jardín de la terraza. Todo era de acero inoxidable, la cocina de un soltero que mostraba pocos trazos de haber sido usada.

–¿No te gusta cocinar? –le preguntó.

Él rió.

–En absoluto. ¿Y a ti?

–He aprendido que me gustara. He tenido que hacerlo, y creo que es importante que te cuente la causa.

–Quiero oírlo, Gina –le dijo–. Ven a sentarte conmigo en la terraza y continuemos con nuestro mutuo viaje de exploración.

Acercó dos sillas a la piscina. Faltaba poco para que la temprana luz del sol centelleara sobre el mar y comenzara otro día. Ella dobló las piernas y acomodó los pies bajo el albornoz. Se reclinó en la silla con la taza calentándole las manos.

–Y bien –dijo él–, ¿por dónde empezamos? ¿Contigo o conmigo?

–Conmigo –indicó Gina, ansiosa por soltar la verdad sobre sí misma–. La cuestión es, Mikos, que en cierto modo te he... inducido al error. *Estoy* aquí para escribir un artículo, pero es un encargo único. Hace años que ya no trabajo en la revista. Así que no soy exactamente quien crees que soy. Intenté decírtelo anoche en el restaurante, pero tú no querías oírlo y confieso que yo me sentí aliviada. No quería que nada estropeara la velada.

–Comprendo.

Pero no lo comprendía. Gina lo supo por la súbita reserva que apareció en su voz.

Se bebió la taza de café y la dejó con un gesto seco sobre la mesa de cristal.

–La verdad sobre la que hablas parece pesar mucho

sobre tu mente. En ese caso, deberías haber insistido en revelarla, sin importar que a mí pudiera gustarme o no lo que oyera.

—No pensé que lo entendieras.

—Prueba —dijo con frialdad.

—Apenas sé por dónde empezar.

—Por lo general, el principio es un buen punto.

No en ese caso. No iba a ganar simpatía o comprensión retrayéndose hasta el verdadero comienzo. Eso tendría que esperar hasta que entendiera sus motivos.

—De acuerdo —dijo con sencillez—. Ya no soy periodista porque dirijo un pequeño hostal.

Él la miró sorprendido; era evidente que había esperado algo mucho más retorcido.

—¿Tú sola?

—¿No es demasiado para una sola persona?

—Sí.

—Pero ¿te gusta?

—No.

—Entonces, ¿por qué continuar con ello? Y lo que es más pertinente a lo que nos ocupa, ¿por qué tratar de ocultar lo que haces?

—Por una promesa que le hice a mi madre.

—¿Qué clase de promesa impulsa a una mujer adulta a mentir sobre el modo en que se gana la vida? —preguntó él con dureza—. Tampoco estás dirigiendo un burdel.

—Yo puedo ser una mujer adulta, pero mi madre... no lo es. Ya no —calló con un súbito nudo en la garganta. Compartir los detalles del deterioro de su padre parecía la última traición a la mujer cuya dignidad había sido erosionada por una terrible enfermedad que la había dejado sin nada.

«No puedo hacerlo», pensó.

«Entonces, levántate de esta silla, vístete y aléjate

de este hombre sin mirar atrás», invocó su conciencia. «Al menos de esa manera tu integridad permanecerá intacta, aunque tu corazón esté roto».

Cerró los ojos. Le había dado motivos para no confiar en ella. ¿Hacía eso que fuera correcto que no confiara en él, cuando Mikos no le había dado ningún motivo para dudar de él?

–La cuestión es, Mikos –comenzó en voz baja–, que mi madre se encuentra en la fase avanzada del Alzheimer.

Él musitó unas sorprendidas palabras de simpatía y le tomó la mano.

–¿Y ése es tu secreto? Ah, Gina, ¿cómo pudiste pensar que no lo entendería?

–No todo el mundo lo hace.

–Yo no soy todo el mundo, *agape mou*. Probablemente esté mejor preparado que los demás para apreciar la triste situación en la que te encuentras. Aunque no por culpa propia, mi madre se convirtió en una proscrita entre la gente que había conocido desde niña. Era una abogada que, viviendo aquí en Atenas cuando Grecia se hallaba bajo el control del dictador Papadopoulos, se mostró abiertamente crítica con el régimen y terminó en prisión, donde fue violada por uno de los guardias.

–¡Santo cielo! –se llevó una mano a la boca, conmocionada–. ¿Atraparon a quien lo hizo?

Él movió la cabeza.

–*Ohi*. Poco después, la pusieron en libertad y regresó a su pueblo natal, pero la condenaron al ostracismo cuando fue evidente que estaba embarazada. Con la ayuda de una anciana comadrona, me trajo al mundo en la casita que había heredado de sus padres. De niño, recuerdo verla trabajar de sol a sol en tareas de sirvienta con el fin de ganar el suficiente dinero para llevar comida a nuestra mesa. Al crecer, me puse a ayudar después del colegio cultivando el pequeño terreno que rodeaba nuestra casa. Tenía catorce años cuando ella murió y abandoné el pueblo sin mirar atrás de tanto que odiaba a la gente de allí por haberle hecho pasar un infierno.

—Entonces, *tú* sí lo entiendes.

—Completamente —le acarició el brazo con gesto tranquilizador—. ¿Cuándo comenzó la enfermedad de tu madre?

—No lo sabemos con certeza, pero probablemente hará unos seis años. En esa época, yo vivía en Vancouver, pero me encantaba la isla en la que había crecido e iba de visita siempre que podía. Mi abuela, que vivió con nosotros toda su vida, había muerto el año anterior y la primera vez que noté que mi madre no era ella misma, lo achaqué a la soledad y al dolor relegado. De hecho, nos reíamos juntas por algunas de las cosas que hacía.

Calló, dominada por los recuerdos de una época en que la risa había sido una parte tan importante de sus vidas.

—¿Vivió sola cuando falleció tu abuela? ¿Tu padre...?

—Era un pescador que se ahogó en la costa noroeste de la Isla de Vancouver el invierno en que yo cumplí los dieciocho años.

—¡*Thee mou*! ¡Tu familia ha sufrido una sobredosis de problemas y dolor!

—La tuya también —indicó ella—. Al menos mi madre disfrutó de más años buenos que malos. Mi padre y ella tuvieron un matrimonio maravilloso. Crecí en un hogar muy feliz, con unos padres magníficos y una abuela a la que adoraba. No me imagino el horror de lo que pasó tu madre, ni cómo debió de ser para ti crecer sin padre.

–Fue mejor que no lo conociera. Lo habría matado por lo que le hizo a mi madre.

–Eres asombroso en todos los sentidos, y el mérito radica en tu madre y en ti mismo.

–No del todo –confesó él–. De hecho, tuve un mentor. Después de que muriera mi madre, vine a Atenas. Era grande para mi edad y parecía mucho mayor de catorce años, así que pude encontrar trabajo ayudando a pintar oficinas. Fue así como conocí a Ángelo Tyros.

Sintió una poderosa repulsión al oír ese nombre.

Ajeno a la reacción de ella, Mikos continuó:

–Mostró interés en mí. Consideró una pena que un chico tan brillante trabajara con sus manos cuando debería estar trabajando con su cerebro. Pactamos un trato: él me daría un lugar donde vivir, y a cambio, yo terminaría el instituto y, en mi tiempo libre, ayudaría con el mantenimiento y la jardinería en su casa. En esa época, vivía con su tercera esposa en Kiffisia, una zona muy agradable con muchos árboles situada a varios kilómetros del centro de la ciudad. Hasta verla, desconocía la existencia de semejante opulencia.

–¿Cuánto tiempo te quedaste con él?

–Varios años. Mucho más de lo que había previsto cuando acepté sus condiciones. Terminé el instituto en el verano y en el otoño empecé las clases en la universidad.

–¿Que él pagó?

–No tuvo que hacerlo. En Grecia, la universidad es gratuita, siempre que hayas sido un alumno sobresaliente y conozcas a las personas adecuadas. Tuve suerte. Mis notas eran bastante buenas y él era un benefactor generoso. Me quedé en su casa y me trataron como a uno más de la familia, hasta que me licencié.

–¿Por eso ahora trabajas para él?

–Sí y no. Después de graduarme y completar cuatro años de servicio en las Fuerzas Aéreas, ya que el servicio militar sigue siendo obligatorio en Grecia, me metió en su negocio y me lo enseñó bien. Si en la actualidad tengo éxito, se lo debo a Ángelo.

–¿Así que te sientes obligado hacia él?

Se encogió de hombros.

–No hay duda de que le debo mucho más de lo que jamás podré devolverle. De hecho, él ocupó el papel del padre que no conocí de niño, y quizá en cierta medida, yo llené el vacío que dejó en su corazón la muerte de su hijo. Pero también es justo decir que mi trabajo me resulta estimulante y satisfactorio y que no tengo deseos de buscar otras oportunidades.

Las palabras de él la dejaron aturdida y consternada, lo cual debió de reflejarse en su expresión. Él malinterpretó el motivo y le acarició la mano.

–Pero ya es suficiente de hablar de mi vida. Cuéntame más de la tuya.

Una vez que comprendía plenamente lo mucho que Ángelo Tyros significaba para él, jamás podría contarle todo, y ese conocimiento la llenó de tanta tristeza, que por un momento sólo pudo mirarlo, carente de palabras.

–¿Cuándo descubriste que a tu madre le sucedía algo más serio? –instó él.

Recobrándose, Gina contestó:

–Casi un año después. Las dos nos dimos cuenta de que sus olvidos ya no resultaban graciosos en el momento en que le cortaron el teléfono por haberse olvidado de pagar la factura.

–¿Qué hiciste entonces?

–Consultar con nuestro médico, quien le hizo unas pruebas preliminares antes de enviarnos a Vancouver para que confirmaran lo que él sospechaba. Los resultados fueron concluyentes y, como puedes imaginar, totalmente devastadores.

–En especial porque no tenía nadie a quien recurrir salvo tú –él asintió con gesto de comprensión–. ¿Y eso, a su vez, condujo a la promesa que hiciste?

–La casa se alza en la playa y da al estrecho de Georgia, con la vista de las montañas en el continente. Todo lo bueno que le había pasado había tenido lugar allí. Cuando le di mi palabra, aún era capaz de entender la progresión de su enfermedad y sabía que llegaría el día en que no podría vivir sola, pero la idea de tener que dejar su hogar ancestral y su amada isla, para ingresar en una residencia y quedar al cuidado de desconocidos, le aterraba. «Prefiero morir», me dijo, y no era una frase melodramática. Lo decía en serio.

–De modo que le prometiste que no dejarías que eso sucediera.

–Sí. Aparte de otras consideraciones, se cree que mantener a pacientes con Alzheimer en un entorno familiar entre cosas y caras familiares, podría aminorar el ritmo al que la enfermedad se apodera de sus vidas.

–Y hasta ahora, ¿has mantenido tu palabra?

Fue a responder, pero la sombría realidad de la situación le sorprendió y, como había sucedido a menudo en las últimas semanas, la abofeteó con fuerza. Enterró la cara en las manos y se puso a llorar.

Él la abrazó y, alzándola de la silla, la acomodó sobre su regazo.

–*Min cles, glikia mou* –murmuró, acariciándole el pelo–. No llores, mi Gina. Dime cómo puedo ayudarte.

–No puedes –sollozó–. Sólo Dios puede hacerlo, ¡y Él ya no escucha!

Le secó la cara con el bajo del albornoz.

–¿Temes tener que renunciar a tu promesa?

Gina asintió y reanudó los sollozos.

–¿Por qué, *agape mou*?

–Ya no puedo mantenerla a salvo. Voy a tener que hacer lo que me suplicó que no hiciera e ingresarla en una residencia, y eso me está matando.

–¿Estás segura de que es tu única opción?

–Me temo que sí. Puede que no hoy ni mañana, pero muy pronto. Nuestro médico lo expuso de forma sucinta y clara. A partir de ahora, sólo va a empeorar, y cuidar de ella es más de lo que puedo hacer yo sola.

–Entonces, parece evidente que necesitas ayuda las veinticuatro horas –razonó Mikos–. Contratar a un equipo de enfermeras privadas mitigará tu carga y te aportará paz mental.

Podría haberle expuesto que eso conllevaría un dinero del que no disponía, pero no pensaba reconocer algo así ante un hombre con el que acababa de acostarse, y menos con alguien tan obviamente rico como Mikos. Apestaba a un intercambio de favores sexuales.

–Sí, es la otra opción que mencionó nuestro médico, pero cuando le dije que no creía que nuestra madre aceptara a una desconocida en casa, pensó que el único modo de averiguarlo era que yo me marchara durante una temporada –hizo una mueca–. Considera que ahora estoy demasiado tensa como para poder tomar una decisión importante. «Descansa o acepta el riesgo de un desplome nervioso», fueron sus palabras exactas.

–¿Eso fue lo que te convenció de venir aquí para tu reportaje? ¿La posibilidad de ocupar tu mente con otra cosa y tratar de ver la situación de forma más objetiva?

«¡No, Mikos! Mis intenciones son mucho más taimadas».

–Más o menos –repuso con evasivas.

–Bueno, tú médico tiene razón. Sea cual sea tu siguiente movimiento, tiene que ser algo con lo que puedas vivir el resto de tu vida. Así que propongo que sigas su consejo y te olvides de los problemas durante unas horas. Hoy haremos turismo –la levantó del regazo y le dio una palmadita en el trasero–. Ve a vestirte antes de que se evaporen mis buenas intenciones.

Después de unas revelaciones tan dolorosas, no habría imaginado que podría hacer a un lado las preocupaciones, pero Mikos fue fiel a su palabra. Después de llamar a casa para cerciorarse de que todo iba bien, se puso por completo en manos de él.

Comenzaron con fruta y tostadas y café en una terraza bajo la imponente estructura de la Acrópolis. Luego, vagaron por las pequeñas y sinuosas calles de la Plaka, llena de músicos, vendedores de flores y fotógrafos.

Guía experto y divertido, le mostró hitos que ningún turista debía perderse: la Torre de los Vientos, la Mezquita en los terrenos del Ágora Romana, la puerta de Medrese, que era lo único que quedaba de la escuela teológica fundada en 1721, el monumento de Lisícrates y, desde luego, la misma Acrópolis y el Partenón.

Cuando el calor comenzó a azotarlos, la guió a un café en un parque pequeño y a la sombra calurosa bebieron café con hielo.

Se sintió la mujer más afortunada de Atenas porque él hubiera elegido pasar el domingo con ella.

Al mediodía, siguieron a la multitud al Mercadillo de Monastiraki, una mezcla colorida de pequeñas tiendas y puestos que atendían a turistas y a nacionales por igual, donde se vendía de todo, desde antigüedades hasta simple chatarra. Y en todo momento, él la llevó de la mano y coqueteó abiertamente con ella. Pero, por encima de todo, la hizo reír.

–Si pudieras pedir un deseo –le preguntó él cuando la tarde llegaba a su fin–, uno que no tuviera nada que ver con tu madre o su enfermedad, ¿cuál sería?

Con una fogosidad rara en ella, repuso:

–Que este día no se acabara nunca.

Durante un momento, él guardó silencio, su mirada solemne.

–Bueno, es inevitable, desde luego –repuso al final–, pero eso no es motivo para que no haya un mañana, o un día después de mañana.

–No sé si te sigo –no se atrevía a creer lo que pensaba que él quería decir.

–Estarás aquí unas pocas semanas, *mana mou*, y el tiempo ya transcurrirá bastante deprisa. ¿Por qué pasarlas separados cuando podemos hacerlo juntos? Deja tu habitación en el hotel y vente conmigo, Gina. Deja que te ofrezca unas vacaciones que jamás olvidarás, algo que te sustente cuando regreses a casa. No puedo hacer que tus problemas desaparezcan, pero sí que los olvides durante un tiempo. ¿Qué dices? ¿Te arriesgarás conmigo? ¿Por nosotros?

Capítulo 6

LO MIRÓ atónita.

–¿Cómo puedes sugerir algo así? Ninguna mujer que se respete se iría con un hombre al que conoce desde hace menos de cuarenta y ocho horas.

–¿No es un poco tarde para preocuparse por el decoro? Ya hemos...

–Sé lo que ya hemos hecho –lo cortó antes de que se lo deletreara–, pero hay una gran diferencia entre eso e irme a vivir contigo, aunque sólo sea algo temporal.

–¿Sí? –fingió asombro–. Explícamela, entonces, porque no logro entenderte.

–Para empezar, no nos conocemos bien.

–¿Cuánto más puede conocerse una pareja aparte de la sinceridad descarnada que surge de compartir la experiencia más íntima posible entre un hombre y una mujer?

Ella miró alrededor con disimulo.

–Si insistes en hablar de sexo –siseó–, ¡al menos ten la decencia de bajar la voz!

–No hablo de sexo –replicó con convicción–. Hablo de hacer el amor. El sexo no involucra las emociones y se acaba pronto. Un hombre pasa a la siguiente conquista... y también una mujer. ¿Puedes mirarme a los ojos y decirme que después de lo que compartimos anoche, estás preparada para alejarte de mí?

–No –tartamudeó.

–Entonces, ¿dónde está el problema? –insistió Mikos–. ¿Por qué no podemos seguir disfrutando el uno del otro?

Si le decía que tenía miedo, le preguntaría por qué, y, ¿cómo explicárselo sin parecer una tonta ingenua? ¿Cómo expresarle que en dos días había experimentado mayor gozo con él, una sensación más profunda de realización, una conexión emocional más comprometida, que nada que lo que hubiera conocido en los dos años que se había imaginado enamorada de su ex novio?

Lo miró de reojo, obligándose a racionalizar lo irracional. Que estaba embriagada por él resultaba incuestionable. Pero ¿por qué? ¿Qué lo hacía tan magnético e irresistible que cuanto más lo veía, más poderosa era la atracción?

¿Qué lo hacía único?

La respuesta la golpeó, veloz y recta como una flecha que encuentra su objetivo. Actuaba como si ella le importara. ¡*Ella*! Cuando le hablaba de su madre, prestaba atención y no trataba de minimizar la gravedad de la situación. Respondía con amabilidad y compasión. Y al hacer eso, llegaba a su corazón más vulnerable.

¿Era de extrañar que la palabra «amor» atravesara sus defensas, a pesar de sus esfuerzos para rechazarla?

–¿En qué piensas, Gina?

–En que eres el hombre más agradable que jamás he conocido –dijo en un impulso.

–Demuéstralo. Pasa tus vacaciones conmigo.

Se sentía más tentada de lo que él podía empezar a imaginar.

–Lo pensaré, pero ahora mismo lo que más quiero es descansar una o dos horas. El calor puede conmigo y de pronto me siento muy cansada.

–De acuerdo –le acarició el brazo con un dedo–.

Pero no tardes mucho en alcanzar una decisión, *kart-hula mou*. El tiempo no está de nuestro lado.

Resultó que la decisión terminó siendo tomada por ella, porque cuando la llevó de vuelta al hotel, descubrieron que su cuarto había resultado inundado por culpa de un huésped de arriba que había permitido que la bañera rebosara. En algunas partes el techo se había desplomado, la habitación era inhabitable y casi toda su ropa había quedado inservible, guardada en una bolsa de plástico, con lo que se había rescatado metido en una caja de cartón, porque su maleta tampoco había sobrevivido.

Y algo aún peor.

—No tenemos ninguna otra habitación disponible —explicó el director, estrujándose las manos en señal de disculpa—. Como usted ya sabe, señorita Hudson, somos un hotel pequeño y estamos al completo para los dos próximas semanas. Pero si lo desea, encantado llamaré a otros hoteles para buscarle alojamiento.

Sin molestarse en consultar con ella, Mikos tomó las riendas de la situación.

—No hace falta —declaró—. La señorita Hudson se quedará conmigo.

Visiblemente aliviado, el director empujó una hoja delante de ella.

—Entonces, por favor, antes de irse, tenga la amabilidad de adjudicar un valor en la lista de artículos destruidos y nuestra compañía aseguradora le enviará un cheque para cubrir su sustitución. Y, desde luego, le reembolsaremos el resto del tiempo que había esperado permanecer aquí.

—Eso será estupendo —repuso, consternada—. Pero ¿qué hago yo mientras tanto?

—Deja que cuide de ti —intervino Mikos—. Iremos de compras y te compraré lo que necesites.

—¡Bajo ningún concepto! —espetó.

Su decisión de volar a Grecia había sido espontánea, la acción de una mujer a la que le quedaban pocas opciones y que no se podía permitir el lujo de ser orgullosa. El dinero escaseaba y había llegado dispuesta a hacer lo que fuera... por su madre. Mientras pudiera proporcionarle unos cuidados decentes, le daba igual lo que fuera. Pero ni por un momento pensaba aceptar eso para sí misma.

—Sé sensata, Gina —continuó él—. Necesitas unos artículos básicos para continuar tus vacaciones y yo puedo permitírmelos.

Desesperada, se preguntó si tenía otra elección. O hacía lo que decía Mikos, o iba por ahí sin otra cosa que lo que le quedaba de su ropa interior, una sandalia de noche empapada y sus joyas. Lo demás era inservible. En ese punto debía estar agradecida de que sus billetes de avión y su pasaporte se hallaran en la caja fuerte del hotel.

La revista le había pagado el hotel y había usado una promoción de la compañía aérea para conseguir el billete. Había dejado de usar tarjetas de crédito en el momento en que había dejado de poder hacerles frente a fin de mes, sufriendo el abuso de unos intereses exorbitantes.

Cierto que Lorne le había dado un adelanto por el artículo, pero era reacia a recurrir a él hasta saber que se lo había ganado.

—Vamos, Gina —instó Mikos, mirando con impaciencia por encima de su hombro mientras ella apuntaba el valor de las cosas que había perdido—. Deja de hacer algo de nada. El único problema que existe es el que estás creando tú en tu mente. Tenemos cosas mejores que hacer que perder el tiempo discutiendo por asuntos insignificantes de un par de cientos de euros.

Con un suspiro contrariado, dijo:

–De acuerdo. Aceptaré un préstamo, pero sólo por la cantidad que me embolsará la compañía aseguradora. Insisto en ello, Mikos, o no hay trato.

–Como desees –recogiendo la caja con sus posesiones, la llevó de vuelta al rastrillo–. Los domingos hay poco abierto, pero aquí encontraremos algo hasta que abran las boutiques mañana.

–Yo no compro en boutiques –lo informó–. No encajan precisamente con mi estilo de vida en estos tiempos.

La guió a una tienda que vendía una amplia variedad de ropa a buenos precios y dijo:

–Nos ocuparemos de eso.

La verdad era que no tenía energía para cuestionarle ese comentario ambiguo.

Hurgando entre un perchero con faldas ceñidas, Mikos eligió una de vibrantes tonalidades en rojo, naranja y amarillo sobre un fondo negro y la sacó para que la inspeccionara.

–¿Qué te parece? ¿Te irá bien?

–Probablemente. Por lo general son artículos de talla única.

–¿Y esto para acompañarla? –sacó una blusa negra con bordados y se la puso por delante.

–Es... bonita.

De hecho, le resultaba extraño que un hombre le eligiera la ropa, y más cuando mostraba tan buen ojo para lo que le iba bien. Paul jamás había mostrado interés en ir de compras con ella.

Dejando la falda y la blusa con la vendedora, Mikos dijo:

–De acuerdo, lo único que nos falta es lencería.

Que le eligiera braguitas y sujetadores era ir demasiado lejos, aunque la hubiera visto sin nada de ropa.

–Gracias, pero me arreglaré con lo que sobrevivió a la inundación, al menos hasta mañana –declaró, aferrando la caja con sus pocas pertenencias.

–De acuerdo, pagaré esto y luego te llevaré a casa para una *mesimeriani anapafsi*.

–¿Qué es eso? –preguntó nerviosa.

Él rió.

–Una siesta. Forman parte de la vida en Grecia durante el verano.

La idea de dormitar despreocupadamente durante el calor más intenso de lo que había sido un día largo y agotador le resultó extraordinariamente atractiva. Aparte de una cabezadita antes del amanecer, no había dormido desde que el día anterior Mikos la dejara en su hotel, y su reloj interno estaba alborotado.

–Eso suena maravilloso. De hecho, creo que podría no despertar hasta mañana.

–Pero no lo harás –afirmó seguro, llevándola de vuelta hasta donde había dejado el coche–. Después de cuatro o cinco horas, estarás lista para disfrutar de la noche conmigo.

En su momento, la posibilidad le pareció, como mínimo, remota, pero al despertar pasadas las ocho de esa tarde, comprendió que nada era imposible con Mikos.

Después de regresar al ático, la había alimentado con unas rodajas de naranja dulce y uvas negras, luego la había llevado a la cama y le había hecho el amor de forma lenta y dulce. Se había quedado dormida en sus brazos, embriagada de placer.

Al abrir los ojos y ver las aspas del ventilador de techo girar despacio y la luz moribunda del sol que llenaba la habitación con una iluminación dorada, se sintió llena de una sensación de consumación y absoluta satisfacción.

Con severidad, se recordó que ésa no era la vida real. Mikos la había arrastrado a un romance de vacaciones que, por propia definición, era algo transitorio, y la había transportado a un mundo muy alejado del que estaba acostumbrada. Pero sólo sería suyo durante un momento fugaz. Nada más.

—¡Aquí estás!

Sorprendido, Mikos alzó la vista del diagrama que había estado estudiando y vio a Ángelo en la puerta. Levantándose, fue a ayudar al anciano a sentarse detrás del escritorio.

—¡*Yassou*! ¿Qué haces todavía en la oficina un lunes por la tarde? Esperaba que ya estuvieras de camino a Evia.

—Supuse que ya era hora de averiguar cuándo habías empezado a tener secretos conmigo, eso es lo que hago.

—No tengo ni idea de qué hablas.

Ángelo bufó.

—Has sido jefe de seguridad el tiempo suficiente como para saber que por aquí no pasa nada que no termine por llegar a mis oídos, así que deja los jueguecitos conmigo, Mikolas. Me han dicho que desapareciste de la fiesta el viernes. Con una mujer. Nadie vio rastro de ti durante el fin de semana. No fuiste a Petaloutha... lo sé porque lo comprobé, lo que me lleva a suponer que te quedaste aquí. Con ella. Y eso me indica algo, ya que no te gusta el verano en la ciudad. ¿Quién es?

—Nadie que pueda llegar a interesarte.

–Puede que tenga ochenta años, pero aún no estoy ciego ni senil. Si ella es la causa de esa sonrisa que tienes en la cara, estoy muy interesado. Llévala a cenar a casa mañana para que pueda verla y decidir si es lo bastante buena para ti.

¡Desde luego que lo era! Impulsado por las dudas que había generado al enterarse de que no había sido del todo sincera con él, había solicitado una segunda investigación. El informe había llegado hacía menos de una hora desde la agencia de Vancouver, confirmando todo lo que ella le había dicho.

–Puede que seas mi jefe, Ángelo –repuso–, pero eso no te da derecho a dictar cómo paso mi tiempo libre.

–¿El hecho de que seas lo bastante mayor como para votar significa que debo dejar de preocuparme de ti? –repuso con ojos centelleantes–. No es así como funciona, Mikos. Creía que lo sabías.

–¿*Lo bastante mayor como para votar*? –soltó una carcajada–. Vamos, Ángelo, eso es exagerar un poco, incluso para ti. Por el amor del cielo, tengo treinta y cinco años.

–Y siempre pensé que eras lo bastante listo como para jugar sin involucrarte demasiado con un capricho pasajero. ¿O me equivoco? ¿Esta mujer es distinta a todas las demás?

Mikos se rascó la cabeza, tan desconcertado como el anciano. Reconocía que se comportaba de forma distinta a la habitual, ya que siempre había sido un experto en evitar los enredos románticos. Sin embargo, Gina lo había cautivado desde el principio.

–Sí, es diferente.

–¿En qué?

–Maldita sea si lo sé –reconoció–. Lo es, nada más.

–¿Es de aquí?

–No. Ni siquiera es griega.

–Entonces, ¿cómo logró ir más allá de las puertas del Grande Bretagne?

–Cubría la fiesta para una revista canadiense.

Una sombra cruzó fugazmente el rostro de Ángelo.

–Canadiense, ¿eh? Recorrió un largo camino para la fiesta de una noche, ¿no crees?

–Eso pensé yo también al principio, pero lo ha mezclado con unas vacaciones. Además, eres una especie de celebridad en aquella parte del mundo. Robarle la novia en las propias narices a un millonario de Toronto hace veinte años alcanzó los titulares.

–Casarme con ella fue el peor error que jamás he cometido –musitó Ángelo–. Era una mujerzuela. Debí dejar que se la quedara. ¡Si hasta se te insinuó a ti, un chaval de quince años que vivía en mi casa bajo mi protección!

Mikos puso los ojos en blanco ante el recordatorio. Era la primera mujer que lo había acorralado en un rincón del jardín, donde él había estado podando las flores muertas. Se había levantado el vestido para mostrarle que no llevaba ropa interior. La sorpresa había hecho que casi se cortara la propia mano.

–No tienes que preocuparte de que Gina pueda ser así. Es tan recta y honrada como cualquier mujer que pudieras pedir conocer.

–Lo que no sucederá pronto si permito que te salgas con la tuya. ¿O te he avergonzado, logrando que cambies de parecer acerca de llevarla mañana a Evia?

Debería haber imaginado que Ángelo no aceptaría un «no» por respuesta. Si significaba tanto para él, ¿por qué negarse?

–Se lo preguntaré y te llamaré por la mañana.

Ángelo sonrió y luchó por incorporarse.

–Mañana a las nueve. Cuento contigo, Mikolas. No me decepciones.

–¿La orden para ir a cenar a su casa mañana?

–No tenemos que ir si así lo prefieres –Mikos se encogió de hombros con filosofía–. Ángelo siempre ha sido exigente, pero...

–No –dijo Gina con el corazón en un puño–. Me gustaría ir, de verdad.

–¿Estás segura?

–Lo estoy –acalló el sentimiento de culpabilidad que le amargaba el que debería haber sido su momento de triunfo. Para eso había ido a Grecia, para enfrentarse al hombre que le había dado la espalda a su abuela.

Mikos apoyó las manos a cada lado de sus hombros, inmovilizándola contra el costado de la piscina, y le dio un beso.

–Es un anciano solitario que se afana por mantenerse al corriente de los actos de la gente a la que quiere, porque cree que de lo contrario lo olvidarán.

«Es un canalla de corazón endurecido que sólo piensa en sí mismo», pensó Gina, pero se reservó su opinión.

Él le besó el cuello.

–Hoy te he echado de menos –la pegó más contra él y añadió sobre su boca–: ¿Por qué sigues llevando esto puesto cuando yo me encuentro desnudo como un recién nacido? –le deslizó el traje por las extremidades y lo arrojó fuera del agua.

De inmediato sintió la presión dura de su erección en el estómago, caliente y urgente.

Lo que más deseó fue abrir las piernas y poseerlo, pero él la enloqueció saliendo de la piscina en busca del preservativo que había tenido la previsión de dejar cerca.

Susurró el nombre de él en forma de súplica, anhelándolo con desesperación. Mikos volvió a meterse en el agua y pasó el dedo entre los pliegues lubricados de su núcleo, buscando el capullo sensible del centro.

Gina se tensó y sintió que su cuerpo se contraía dolorosamente. La volvió a acariciar con más insistencia. Y lo que había comenzado como un susurro en la parte de atrás de su garganta estalló en un grito angustiado al no poder resistir los embates del orgasmo. Luego, mientras aún se veía sacudida por los espasmos, la penetró y permaneció dentro de ella, inmóvil.

—Esto —dijo con voz ronca, los ojos verdes brillantes— es lo que significa la generosidad, Gina... que te entregues a mí con tanta confianza, sin pedir nada a cambio, pero dejando que yo te dé placer.

—Pero yo también quiero complacerte, Mikos —murmuró con voz quebrada.

—Lo haces —le aseguró—. En todo lo que eres y en todo lo que haces, me satisfaces mucho.

«¿Qué queda por decir», pensó ella, «cuando no hay palabras que hagan justicia al momento... salvo ¡te amo!». Pero no se atrevió a pronunciar esas palabras.

Él se movió. La sujetó y se meció contra ella. Al principio despacio, luego con creciente urgencia. Jadeó contra su mejilla. El corazón le atronó contra los pechos.

Le rodeó el cuello con los brazos. Dejó que sus piernas flotaran hasta pasárselas en torno a la cintura. Sintió los temblores lejanos de otro orgasmo y le dio la bienvenida. Se regocijó en el conocimiento de que también él iba a estallar; que estaban unidos como una persona en todos los sentidos de la palabra, lanzados por el espacio, aferrados el uno al otro, como si ésa fuera la única oportunidad que tuvieran de sobrevivir a la gloria del momento.

–¡*S'agapo*! –jadeó él contra su cuello mientras el cuerpo se le sacudía con temblores poderosos–. ¡*S'agapo, psihula mou*!

Aquella noche estaban sentados en una taberna a poca distancia del ático y discutían por la ropa.

–Te guste o no, por la mañana irás a comprarte un vestido de cóctel.

–No le veo sentido a gastar dinero en un vestido que probablemente sólo me ponga una vez.

–No obstante, me harás caso en esto. No habrá nada informal en la cena de mañana. A Ángelo le encanta ofrecer espectáculos a los visitantes e invitados, y lo menos que podemos hacer es tratar de complacer su forma de ser.

–¡Santo cielo! ¡Espero no abochornarte con mis peculiares costumbres extranjeras!

Demasiado astuto como para pasar por alto el sarcasmo, la miró con ojos centelleantes.

–Serás tú quien se sentirá avergonzada, y únicamente por asistir vestida de forma poco apropiada para la ocasión. Deberías darme las gracias por recomendártelo, Gina, no oponerte.

–Podría estar más predispuesta al agradecimiento si no fueras tan dictatorial.

–No lo soy –la informó con arrogante desdén masculino–. Tomo el control de la situación porque uno de los dos debe hacerlo, y tú te estás mostrando poco racional –hizo una pausa–. Por favor, ¿podemos dejar a un lado nuestras diferencias al respecto y disfrutar de lo que nos queda de velada juntos?

Ella le lanzó una última mirada encendida.

–Supongo que sí.

–Bien. Volvemos a ser amigos –le tomó la mano y se la llevó a los labios–. ¿Sabes, Gina? Si uno de mis amigos se hubiera encontrado en tu desafortunada situación, yo habría reaccionado de la misma manera e insistido en ayudarlo.

–Dudo mucho que tus amigos necesiten tu ayuda. Probablemente, son tan ricos como tú y les daría igual perder un guardarropa completo.

–Si crees eso, entonces no eres justa conmigo. Sé lo que es ser pobre, probablemente mucho mejor de lo que tú nunca llegarás a saberlo. Y para que lo sepas, no elijo a mis amigos por sus cuentas bancarias. Esperaba que me conocieras mejor como para dar eso por sentado.

Avergonzada, ella bajó la vista.

–Y así es –musitó–. Perdóname, por favor.

–Perdonada. Y ahora destierra esa expresión preocupada de la cara y disfruta de la cena.

Pero le dio la impresión de que ninguno de los dos estaba seguro del otro como lo habían estado al comienzo de la noche.

Capítulo 7

YIANNIS, el mayordomo de Ángelo, que llevaba con éste desde que Mikos tenía memoria, los condujo a la terraza donde aquél aguardaba para recibirlos. Gina parecía nerviosa y casi se espantó cuando Ángelo le tomó la mano y se la llevó a los labios.

–Gracias –murmuró en respuesta a las palabras de bienvenida–. *Efharisto... Kyrie Tyros* –y retiró la mano como si se la hubiera quemado.

Ángelo sonrió feliz.

–Ya has aprendido nuestro idioma –comentó en inglés.

–Me temo que no –repuso con frialdad, el rostro carente de toda emoción.

Mikos llegó a la conclusión de que debía de sentirse intimidada por todo el esplendor, con el deslumbrante fondo de las montañas a un lado de la enorme propiedad y la vista panorámica del Egeo en el otro, con la piscina olímpica en la terraza inferior y las estatuas de mármol en cada giro... y eso antes de ver el interior de la casa, salvo el amplio hall que conducía desde la entrada principal hasta la terraza de atrás.

¿O la reserva tenía más que ver con el desacuerdo de la noche anterior? En teoría, habían hecho las paces en la taberna, pero en el aire había flotado una tensión palpable; y al volver al ático, no habían hecho el amor.

A primera hora de la mañana él se había marchado a trabajar y una vez más ella había dado la impresión de estar dormida. No había regresado hasta pasadas las cinco de la tarde. No los esperaban en la casa de Ángelo hasta las ocho, de modo que habían compartido unos momentos en el jardín de la terraza, en una conversación superficial e intrascendente, como una pareja que preferiría no hablar.

Lo cual le había reforzado la creencia de que era preferible una amante a corto plazo que una esposa a largo plazo. Pero incluso una aventura breve podía agotar a un hombre si había elegido a la mujer equivocada.

¿Y ellos qué tenían en común, aparte de un apetito insaciable por el cuerpo del otro y unas madres tocadas por la tragedia? ¿Y qué diablos se había apoderado de él o que la noche anterior a ésa se había dejado llevar y le había dicho que la amaba? Cierto que había sido en el calor de la pasión y en griego, y que ella no había entendido. Ni, afortunadamente, le había pedido que se lo tradujera. Pero había estado tan fuera de lugar que le había parecido un lapso grave y que bajo ningún concepto debía repetir.

Pero todo eso había sido antes de que ella lo dejara y fuera a ducharse para la cena en la casa de Ángelo.

Antes de que él entrara en el dormitorio justo cuando ella trataba de subirse la cremallera del vestido negro y ceñido que había comprado, asombrosamente elegante en su sencillez y diseñado para empujar a un hombre a la distracción.

Antes de que sintiera que el pulso se le desbocaba y, en vez de cerrarle la cremallera, la desnudara.

Antes de liberarse de los pantalones, luchar con impaciencia con un preservativo, empujarla sobre la cama y penetrarla, cegado por el deseo de perderse en el cuerpo sedoso y encendido de Gina.

–Lo siento –había jadeado–. Lo de anoche.

–Yo también –susurró Gina, aferrándose a él.

Después de aquello, nada había importado, ni volver a gemir «*s'agapo*». Porque justo en ese momento, la amaba.

–Siéntate aquí, donde pueda verte, querida –dijo Ángelo, indicando una silla de patio de respaldo alto del otro lado de la mesa baja de cristal, donde estaba él–. A mi edad, es un placer escaso poder contemplar una belleza tan fresca e inmaculada.

De vuelta en el presente, Mikos ocultó una sonrisa al ver cómo coqueteaba con ella ante sus propias narices. Tampoco podía culparlo, lo que no impidió que se sentara al lado de ella y apoyara la mano con gesto de firmeza y posesión en la rodilla de ella, para recordarle al viejo casanova que no estaba libre.

Como si hubiera previsto semejante acción, Ángelo se anticipó.

–Sirve el champán, Mikolas, y déjanos a la dama y a mí para que podamos conocernos un poco –instruyó, centrando su atención otra vez en ella–. Háblame de ti, *kouklaki mou*. Estoy seguro de que llevas una vida fascinante.

¿Mi pequeña muñeca? Mikos puso los ojos en blanco.

–Entonces no sabe nada de mí, señor Tyros –repuso ella sin rodeos–. Si no, sabría que, comparada con las mujeres a las que está acostumbrado, en realidad soy muy aburrida y corriente.

–No existe nada parecido a una mujer aburrida y corriente –rió entre dientes, animado por la respuesta vehemente–. Y debo insistir en que me llames Ángelo, porque no tengo intención en dirigirme a ti como *thespinis* Hudson. Gina te sienta mucho mejor.

Ella casi sonrió... ¿o fue más una mueca? Desde donde servía las copas, Mikos no pudo estar seguro.

–Tiene una casa preciosa, señor Tyros. ¿Pasa todo el tiempo aquí? –preguntó, prescindiendo de su petición.

–Tengo casas por todo el mundo, querida, pero ésta es mi favorita. ¿Querrías verla?

Mikos eligió ese momento para entregar las copas de champán.

–Será un placer mostrártela luego, Gina. Pero diría que ahora lo apropiado sería un brindis. ¿Quieres hacer los honores, Ángelo, o me ocupo yo?

–Lo haré yo –Ángelo alzó la copa–. Por tu adorable Gina, Mikolas. Por una vez, apruebo tu elección –luego se volvió hacia ella–. Gracias, querida, por aceptar pasar la velada con un viejo solitario. Espero que sea la primera de muchas.

Una vez más, Mikos no pudo estar seguro, pero le dio la impresión de que ella fruncía los labios.

–Eso espero –repuso Gina, velando su expresión.

Tal como cabía esperar por lo poco que había visto del resto de la casa, el comedor era opulento hasta el punto de lo ostentoso. Una enorme araña de cristal centelleaba en el centro del techo. Cuatro candelabros grandes de plata mantenían guardia en un aparador tallado. Una cristalería y vajilla de porcelana con monogramas de plata adornaban una mesa lo bastante larga y ancha como para aceptar a cuarenta comensales, aunque los tres ocuparían un rincón en un extremo.

Demasiado pequeño, en opinión de Gina. Estaba sentada frente a Mikos, pero Tyros se hallaba entre ambos a la cabecera de la mesa y, durante toda la cena, se esforzó por convertirla en el único centro de su atención.

Con el encanto untuoso de un hombre acostumbrado a tener a las mujeres pendientes de cada palabra que dijera, le contó anécdotas divertidas y a veces perversas de gente famosa que había conocido. Pero la mirada oscura que la estudiaba tan implacablemente era incapaz de calor humano, tal como ella había sabido que sería. ¡Era un ser horrible! No entendió cómo Mikos podía soportar trabajar para él.

—Hablo demasiado y debes perdonarme —dijo cuando la cena llegaba a su fin—. Seguro que mis divagaciones te resultan muy aburridas.

Hasta se atrevió a rozarle la mano con su muñeca.

—En absoluto —se obligó a no recular de ese contacto no deseado. No podía permitirse el lujo de ofenderlo, y menos cuando le acababa de abrir la puerta que había esperado desde el momento en que había sabido que al fin iba a conocerlo en persona—. De hecho, la principal razón de mi presencia en Grecia es usted.

—Mikolas mencionó algo por el estilo. Creo que dijo que escribes para una revista.

—Así es.

Él sonrió con expresión lobuna.

—Me gustaría escuchar más cosas al respecto, querida... y también sobre ti.

¡Llegaría a desear no haber pedido ese deseo! Pero no en ese momento, en presencia de Mikos. Teniendo en cuenta lo generoso que había sido, lo mínimo que podía hacer era dejarle las ilusiones intactas acerca de su mentor.

Además, lo que tenía que decirle a Ángelo Tyros estaba destinado sólo para sus oídos, y dudaba que quisiera compartirlo con alguien más.

—¿Sabe lo que me gustaría, señor Tyros? —sonrió, aunque con desagrado.

—Dímelo, y haré que sea realidad.

—Me encantaría hablar extensamente con usted, si algún día puede dedicarme un par de horas.

Le tomó la mano, obligándola a contenerse para no apartársela con un gesto de desagrado.

—Considéralo hecho. ¿Cuándo te gustaría volver?

–Cuando le venga mejor a usted. Yo estoy libre todo el día.

–Pero no toda la noche, ¿eh? –miró con lascivia a Mikos–. Confieso que esta joven me intriga, Mikolas. ¡Una mujer ha de ser extraordinaria para hacerte olvidar que se supone que debes ser el hombre duro de mi equipo!

–No era consciente de haberlo olvidado –respondió Mikos con ecuanimidad–. De hecho, Ángelo, como creía haber dejado claro ayer, jamás permito que mi vida privada interfiera con mi trabajo... o al revés.

Tyros hizo una mueca burlona.

–En este caso particular, no te culparía si lo hicieras. Tu acompañante es exquisita... y tiene un gusto exquisito. He estado admirando tus joyas, querida –continuó, volviéndose de repente hacia Gina–. Ésta, por ejemplo, es muy hermosa. ¿Cómo la conseguiste?

Para su espanto, manoseó su antiguo colgante, una de las pocas cosas que habían sobrevivido a los destrozos que habían tenido lugar en la habitación de su hotel. Lo alzó para inspeccionarlo mejor.

–Ha estado en mi familia durante generaciones –logró decir, incapaz de suprimir un encogimiento de repulsión.

Los ojos brillantes de él se clavaron en los suyos.

–¿Una reliquia familiar, entonces?

–Cielos, no. No da la talla para eso.

–Soy una especie de experto en joyería antigua y no estoy seguro de coincidir contigo –acercó la silla a la de ella–. ¿Puedo inspeccionarlo más detenidamente?

Reculando antes de que pudiera volver a tocarla, con celeridad se quitó la cinta de terciopelo que le rodeaba el cuello, liberó el colgante y se lo pasó a él, quien lo examinó a placer y lo giró varias veces en las manos.

–Sí –murmuró al rato, devolviéndoselo–. Es lo que

pensaba. Diría que se trata de una pieza rara. De hecho, única. ¿Tomamos el café en la terraza?

Ella misma se había convertido en una experta en detectar los cambios de matices en la expresión o el tono de voz de una persona. Lo que contaba era lo que pasaba en el interior, y decididamente algo se estaba cociendo detrás de esa cara astuta.

Pero si a Gina el cambio brusco de tema le resultó extraño, Mikos no pareció sorprendido.

–*Efkharisto*, Ángelo, pero si a ti no te importa, me voy a llevar a Gina a casa –anunció–. Aún no está habituada al horario de Grecia.

–Entonces, no insistiré en que os quedéis. Ha sido un placer conocerte, *koukla mou*. Espero que hayas disfrutado de esta velada.

–Mucho –mintió–. Gracias, señor Tyros. Espero volver a verlo.

–¡Ángelo, por favor! –exclamó, llevándose la mano de ella a los labios–. Y volverás a verme. Puedes estar segura de ello, querida.

En el trayecto de vuelta a la ciudad, charlaron de la velada que acababa de terminar.

–Creo que ha ido bien –comentó Mikos, añadiendo con una risa–: Ángelo pareció realmente cautivado contigo. Me sentí celoso. ¿Qué te ha parecido?

–Es... interesante. Pero ¿fue mi imaginación o de repente pareció ansioso por deshacerse de nosotros?

–No fue tu imaginación. Se cansa con mucha facilidad estos días. Un minuto es el alma de la fiesta y al siguiente se ha quedado dormido. En el último año, ha llegado a quedarse frito en mitad de una reunión de negocios. Todos lo hemos notado y nos preguntamos cuánto tiempo podrá continuar, pero tiene una voluntad de hierro y no se le pasa por la cabeza retirarse. Es el jefe, y mientras en su cuerpo haya aliento, no va a dejar que nadie más tome las riendas.

—¿Con «nadie» te refieres a ti? ¿Eres su sucesor?

La miró.

—Soy lo más próximo a una familia que le queda, y tal como están las cosas, llegaré a ser presidente de Hesperus International y presidente de la junta, pero no heredaré su poder absoluto. Ni lo quiero.

—¿Por qué no?

—La industria naviera no me interesa mucho, salvo en lo que se aplica a mi campo de conocimientos.

—¿Y cuál es exactamente? Mencionaste haber ido a la universidad y haber servido en las Fuerzas Aéreas, pero no llegaste a explicarme qué haces.

—Soy un profesional de la seguridad, entrenado para desarrollar políticas y procedimientos, realizar evaluaciones de riesgos y crear lo que se llama un «plan viable de respuesta a incidentes». Esos hombres de trajes oscuros que siguen discretamente a los personajes importantes y a otros individuos de perfil alto están entrenados por personas como yo.

»Ángelo es uno de los hombres más ricos del mundo, y eso lo convierte en un blanco. De cualquiera que tenga un agravio con él, real o imaginario. De cualquiera que busque una fortuna sin tener que trabajar para ganársela. De cualquier chiflado que crea que es un hijo abandonado en una cesta en las escalinatas del Partenón y esté decidido a exigir su parte de la fortuna Tyros. Mi trabajo consiste en asegurarme de que nadie se acerque lo suficiente como para sabotear a Ángelo o su imperio.

Aunque lo dijo con ligereza, no la engañó.

—A mí me suena a trabajo peligroso —indicó con cierta preocupación.

Él se encogió de hombros.

–Vivimos en un mundo peligroso, Gina. Alguien tiene que mantener a los villanos a raya.

–¿Quieres decir alguien como tú? ¿Eres su guardaespaldas personal?

–Ya no. Yo superviso toda la estructura de seguridad, y en la actualidad eso tiene mucho que ver con las tecnologías de comunicación. Pero si Ángelo o uno de sus ejecutivos superiores necesitan protección, a quién se les asigne para protegerlos depende de adónde vayan y lo que vayan a hacer, y eso recae en mí.

–A Ángelo lo secuestraron una vez, ¿verdad? ¿Y el hombre que negoció su liberación recibió un disparo?

–Sí.

–¿Eras tú ese hombre?

–Sí.

Gina sintió un escalofrío.

–¿De ahí viene la cicatriz que tienes en el hombro? Te podrían haber matado.

Volvió a encogerse de hombros.

–Pero no sucedió.

Consideró que había tomado la decisión correcta al contener las riendas de sus sentimientos. Mikos podía ser apuesto y sexy; sofisticado, encantador e inteligente. Pero enamorarse de un hombre como él era una receta segura para el desastre, y ya había tenido suficiente de eso en su vida. No necesitaba más.

Entonces, ¿por qué la súbita sensación de vacío en el estómago? ¿Por qué el sentimiento absurdo de que le acababan de robar algo increíblemente invaluable?

No quería saberlo. La respuesta era demasiado perturbadora.

El resto de la semana pasó tranquilo. Cada día ella llamaba a casa para comprobar el estado de su madre y luego se dedicaba a explorar Atenas, perdida entre los enjambres de gente que fluían por las calles estrechas, absorbiendo todos los colores y los sonidos.

Y luego, las largas y lentas veladas con Mikos se fundían en largas y jadeantes noches llenas de luz de luna y pasión. Desde que solucionaran aquel pequeño contratiempo, el placer que obtenían el uno con el otro se había intensificado.

Y aunque trataba de no pensar mucho en ello, Gina sabía que no tardarían en decirse adiós. Y a pesar de sus esfuerzos, con cada día que pasaba, sentía que se enamoraba un poco más de él.

El viernes Mikos la sorprendió llegando a casa pasadas las tres de la tarde.

—Prepara una maleta y estate lista para salir en una hora, Gina —anunció, empujándola al dormitorio—. Nos vamos a Petaloutha a pasar un par de semanas.

—Es imposible —comenzó, decidida a no abandonar Atenas hasta que hubiera logrado lo que había ido a hacer.

La detuvo con un movimiento cortante de la mano.

—Es completamente posible, de modo que ni siquiera intentes convencerme de lo contrario. Me deben algunas vacaciones y a pesar de lo que puedas pensar, no te vas a ir de Grecia sin ver las islas.

—Me encantaría, en serio, pero no puedo —insistió—. Aún no sé nada de Ángelo. ¿Y si llama mientras estamos fuera y me pierdo la oportunidad de... entrevistarlo?

—No sucederá. Él mismo ha tenido que irse esta misma mañana, y no se espera que vuelva hasta finales de mes. Pero he de decirte que no ha olvidado que los dos tenéis una cita y que pasará un día contigo cuando vuelva. Seguro que eso será tiempo suficiente para que lo entrevistes, ¿no?

Sabía que con una hora le bastaría, tras lo cual pasaría a ser persona *non grata* para los dos, aunque el precio valdría la pena. Mientras tanto, disponía de dos gloriosas semanas con Mikos. No obstante, titubeó.

–Pero ¿y mi madre? He de mantenerme en contacto...

Él sonrió.

–¡No hablamos de Siberia, *glikia mou*! Petaloutha está en el norte de las Cícladas, a un salto de Andros. Tenemos electricidad y teléfono. Podrás llamar a tu casa cuando te apetezca, exactamente como haces aquí.

–Bueno... –su resolución se debilitaba por momentos mientras el placer invadía sus huesos. ¡Dos semanas a solas con Mikos! Tendría que ser de piedra para rechazar semejante oportunidad–. Bueno... de acuerdo, si tú lo dices.

–Lo digo –le dio una palmadita en el trasero–. Así que deja de discutir, mete ropa en la maleta que compraste y haz lo que te dicen. Despegamos a las cuatro.

Había creído que tomarían un hidroavión y que se alojarían en una cabaña de playa.

Se equivocó en todo.

Fueron en helicóptero pilotado por él. Su primera sorpresa, una vez superada la conmoción de que estaba poniendo su vida literalmente en las manos de Mikos, fue el súbito movimiento ascendente al despegar. La dejó sintiéndose pesada y extraña.

¡Era como si los pechos le hubieran aterrizado en el regazo!

–No pongas esa cara horrorizada –dijo Mikos divertido mientras enfilaba hacia el sudeste por el Egeo–. Aún no he perdido a ningún pasajero, aunque siempre hay una primera vez.

Se preguntó si alguien le había vomitado. Porque por el modo en que su estómago le subía a la garganta, ¡también para eso iba a haber una primera vez!

Debió de estar tan pálida como se sentía, porque él le palmeó la rodilla en gesto tranquilizador.

–¡Sólo bromeo, *calli mou*! Relájate y disfruta del paseo. Te prometo que llegarás de una pieza.

Un par de horas más tarde, lo hacían, después de cruzar un océano azul moteado de islas con casas cúbicas con tejados azules, que iban desde las laderas de las montañas hasta el borde de la playa. Los barcos pesqueros se mecían anclados en calas tranquilas.

Pero la mota de tierra que se acercaba a ellos mostraba pocas señales de vida. Temerosa, pensó que era demasiado diminuta para sustentar algo que no fueran los dos montes arbolados separados por una serie de profundas hondonadas y cascadas. No supo cómo lograría aterrizar el aparato en ese lugar.

–¿Dónde aprendiste a pilotar esto? –le preguntó por el micro de los auriculares.

–En las Fuerzas Aéreas, donde también me interesé por primera vez en los temas de seguridad.

–¿De modo que realmente sabes adónde vamos?

Mikos giró la cabeza y rió, con el sol rebotando en sus gafas de aviador.

–Este juguete va equipado con lo último en GPS.

En ese momento comenzaron a descender.

Debería haber imaginado que él sabía lo que hacía. Justo cuando parecía que iban directos a la montaña más próxima, viró a la izquierda, rodeó la colina y sobrevoló una zona abierta en la costa oriental.

Una casa de estuco de color melocotón con un tejado rojo daba al mar, con dos cabañas más pequeñas un poco más allá y varios anexos detrás de un grupo de palmeras. En la parte de atrás había una plataforma de aterrizaje claramente marcada y conectada con la casa mediante un sendero ancho y arenoso. Durante un momento, el helicóptero flotó sobre ella como una abeja gigante, los rotores aplanando las copas de las palmeras, y luego Mikos lo posó con la delicadeza del beso de una madre.

Después de dejarlo funcionar un minuto para enfriar los motores, lo apagó, se quitó las gafas y los auriculares y se volvió hacia ella con otra sonrisa.

—¿Aún respiras?

—A duras penas —la respuesta salió como un graznido débil en la súbita quietud.

Los ojos verdes de él centellearon divertidos.

—Ah, Gina, ¿dónde está tu confianza? ¿No sabes ya que jamás le haría daño ni a un solo cabello de tu hermosa cabeza?

Ella logró esbozar una sonrisa débil. Ésa había sido su primera experiencia en un helicóptero y le había parecido demasiado próximo a flotar en una burbuja.

—Digamos que estoy contenta de tener otra vez algo sólido bajo mis pies.

—En ese caso, te llevaremos a la casa y te reviviremos con un cóctel antes de la cena.

Con rapidez, la acomodó, junto con sus maletas y tres cajas de vino blanco, en un carrito de golf aparcado al lado de la plataforma. Luego traquetearon por el sendero arenoso, dejando atrás unos limoneros, y en una nube de polvo llegaron a la puerta de atrás de la casa.

A cada lado de los escalones crecían tomates en maceteros de terracota. Y en lo alto, los esperaba una pareja de unos sesenta y pocos años.

Mikos los presentó.

—Gina, quiero que conozcas a Dimitri, mi mano derecha y el hombre que hace que todo funcione adecuadamente en Petaloutha, y a su esposa y ama de llaves, Stavroula. *Voula*, Dimitri, *apoetho I fili mou*, Gina.

—¡*Herete*! —dijeron al unísono, todo ellos sonrisas, y la hicieron pasar a una cocina luminosa y soleada.

Junto a la ventana, encima del fregadero flanqueado de encimeras de azulejos, colgaban ristras de ajos y pimientos secados al sol. En medio de la estancia había una mesa de pino y dos sillas. Una cocina eléctrica y una nevera grande, separada por un arco que conducía a una despensa, ocupaban el espacio de la segunda pared, mientras que la tercera estaba ocupada por un viejo aparador con estanterías abiertas. A la derecha de la puerta de atrás una escalera llevaba a la planta de arriba, con unas puertas dobles en la cuarta pared que ofrecían acceso al resto de la casa.

Amplia y alegre, le recordó un poco a la cocina de su propia casa. Aunque allí, por el problema de su madre, no podía dejar los utensilios afilados y potencialmente peligrosos al alcance de la mano.

—¡*Kalos orisite*! ¡Bienvenida! —exclamó Stavroula—. Primera vez que Mikos trae amiga a Petaloutha. ¡Muy bueno!

—Gracias —repuso—. ¡*Efharisto*! Estoy muy contenta de encontrarme aquí.

Después de observarla unos momentos más, Stavroula le habló con severidad a Mikos, y luego los empujó a los dos hacia la parte principal de la casa.

—He de llevarte fuera para que puedas poner los pies en alto. Cree que no has estado descansando bien últimamente y se alegra de que te haya traído aquí, para que pueda cuidar de ti.

Abrió unas puertas de cristal y le indicó que pasara.

Ella salió y se quedó embobada. Unos muebles de bambú con cojines de colores se agrupaban en un patio con suelo de losa, con la sombra que ofrecía una pérgola con ramas de parra. Buganvillas de color púrpura trepaban por las paredes y un rincón del jardín estaba dominado por un fabuloso hibisco escarlata. Un gato gordo dormitaba sobre la piedra calentada por el sol de otra pared baja más allá de la cual, a menos de cincuenta metros, el mar turquesa rompía suavemente sobre la arena amarilla de una playa en forma de semicírculo.

–¡Oh, Mikos! –musitó–. ¿Cómo soportas marcharte de aquí!

Se situó detrás de ella y le rodeó la cintura con los brazos.

–¿Te gusta?

–¡Es perfecto! ¡El cielo en la tierra! Jamás había visto algo tan hermoso.

–Yo sí –murmuró sobre su cabello–. Desde el primer momento en que te vi. No hace mucho que nos conocemos, pero cuando llegue el momento de marcharte, me va a costar mucho dejar que te vayas, Gina. Me encuentro deseando que exista una manera de poder lograr que permanezcas conmigo.

Las palabras le conmovieron y helaron al mismo tiempo. ¿Sentiría de igual modo cuando se enterara de la verdad? ¿O descubriría que su lealtad no estaba con ella, sino con el hombre al que ella más odiaba y él más admiraba, su benefactor, Ángelo Tyros, y, al mismo tiempo, abuelo de Gina?

Capítulo 8

LAS DOS semanas que siguieron estuvieron llenas del material que están hechos los sueños. Días despreocupados y dorados llenos de sol y del tipo de tranquilidad que en una ocasión debió de haber conocido el Paraíso. Noches oscuras y apasionadas en las que sólo sus suspiros y las susurradas palabras cariñosas ahogaban el sonido gentil de las olas más allá de la ventana.

Lejos de la presión del trabajo, la veta autoritaria de Mikos se suavizó. Vivía únicamente para complacerla.

A Gina le encantaba la forma lenta que tenían de desplegarse las horas y la solidez que iba adquiriendo su relación. Lejos de la ciudad, el dinero ya no representaba un problema, porque todo lo que le importaba en Petaloutha era gratis. Cosas sencillas como la calidez de la sonrisa de Voula cada mañana o la suave música que tocaba Dimitri en su *bouzouki*. Y por encima de todo, la mirada de Mikos encendiéndola en momentos inesperados del día, con la promesa de la intimidad compartida cuando estuvieran solos en la cama.

—Has florecido desde que llegaste aquí, *karthula mou*. No eres la misma mujer que conocí en el Grande Bretagne hace menos de un mes.

—Me siento distinta —reconoció, y era verdad.

Se sentía ligera, ingrávida, como solía sentirse antes de que su madre hubiera cambiado, y todo con ella. Entonces la risa había muerto junto con la luz en los ojos de su madre y una terrible desolación había reinado en su hogar otrora feliz.

Los recuerdos mitigaron parte del brillo del día. Sin importar que Mikos y ella no quisieran admitirlo, el tiempo no estaba de su lado. Faltaba poco para que dejara esa isla paradisíaca y regresara a los problemas que, durante un tiempo, otra persona había cargado. Pero no hasta que se enfrentara a Ángelo Tyros y lo obligara a reconocer las responsabilidades que había obviado durante todos esos años.

Su madre no acabaría los días en una residencia que, en el mejor de los casos, era aceptable, mientras él terminaba rodeado de lujos. Antes de que alguno de los dos muriera, habría un momento para rendir cuentas. Y se acercaba deprisa. Hasta entonces, atesoraría cada preciado momento con Mikos. Mantendría cada palabra tierna junto a su corazón con el fin de que la fortalecieran en los instantes difíciles que sabía que se avecinaban.

Alzó la vista y vio que Mikos aún la observaba.

—De repente pareces triste, Gina. ¿Por qué?

Ella se encogió de hombros.

—Sólo pensaba en ir a casa.

—No lo hagas. Todavía nos queda más de una semana aquí, e incluso después de que regresemos a Atenas, no tienes que irte de Grecia en el acto. ¿Qué fue lo que te dijo tu médico... que te tomaras un descanso o corrías el riesgo de un colapso nervioso? Si se lo preguntaras, estoy seguro de que te recomendaría que alargaras tus vacaciones todo lo posible, siempre que tu madre esté bien y cuidada sin ti.

—Pero cuando pienso que la he dejado con una desconocida, me siento culpable por haberla abandonado.

—Pero, *mana mou*, por lo que me has contado, ni siquiera se da cuenta de que no estás con ella. Por lo tanto, ¿qué tiene de malo aprovechar este momento para nosotros?

—Supongo que en realidad nada. No mientras esté bien cuidada.

—Después de nuestra siesta, te llevaré a Choro, en Andros. Exploraremos el pueblo y cenaremos allí. ¿Te gustaría eso, *agape mou*?

—Mientras esté contigo, me siento feliz en cualquier parte —indicó Gina.

Los ojos de él adquirieron una tonalidad jade, señal que ella había comenzado a reconocer como el despertar del deseo, que jamás parecía muy alejado de la superficie entre ellos, en especial cuando se encontraban solos.

—Termina de comer y vayámonos a la cama —dijo él con voz ronca.

El amor por la tarde adquiría un aspecto más pausado que no tenía nada que ver con el ardor. Quizá el motivo era la luz apagada del sol que se filtraba entre las persianas y llenaba la habitación con un tono dorado suave que permitía una observación más detallada del otro.

Fuera cual fuere la causa, el orgasmo juntos tenía lugar a cámara lenta. Aquella tarde, cada pausa ínfima, y hubo muchas, acentuaba un momento de placer nuevo que potenciaba sus sentidos hasta un estado casi febril.

Los labios de él le rozaron el cuello, y luego bajaron a darse un festín en un seno. La mano en su pierna se transformó lentamente en una caricia por el interior del muslo; el dedo, en un descubrimiento tierno de su núcleo.

La exploración realizada por Gina de su torso se desvió hacia la pelvis estrecha y luego a la entrepierna. Le tocó el miembro viril ligeramente, con curiosidad, sorprendida como siempre por su poder y delicadeza. Lo devoró con la mirada, luego subió la vista hasta su cara y se deleitó con la tensión que marcó sus facciones a media que cerraba los dedos en torno a él.

–Eres todo mío –susurró, y bajó la boca para tomarlo.

Nunca antes había hecho algo así. Nunca había probado su calor sedoso. Jamás había sentido semejante poder mientras él temblaba ante ese movimiento atrevido.

–*Christos*, Gina –soltó con una fina capa de sudor sobre su piel–, si sigues por ahí, harás que no pueda contenerme.

Deseaba exactamente eso. Quería probarlo tal como a menudo Mikos la había probado a ella. Sin importar lo breve que fuera, quería esclavizarlo. Pero él era un amante demasiado altruista como para permitirlo. Tomándola por los hombros, la puso boca arriba y alargó la mano hacia el cajón de la mesita de noche en busca de un preservativo.

–Déjame a mí –le suplicó, y él lo hizo, temblando ante su contacto cuando se lo enfundó.

Entonces, con un suspiro, se abrió a él para que la embistiera hasta la empuñadura por sus pliegues receptivos. Y una vez más comenzaron la danza de amor que habían perfeccionado tantas veces antes, los movimientos lentos y sensuales que cobraron velocidad hasta que el universo dio vueltas en cegador éxtasis y ella pensó que el corazón le iba a estallar.

Extenuados, durmieron con las extremidades entrelazadas. Cuando despertaron, se bañaron juntos. Luego bajaron a la playa y nadaron en las transparentes aguas de la ensenada.

–Si hubiera venido preparado, te volvería a tomar ahora –musitó él, coronándole el trasero con las manos mientras las olas los mecían–. No soy capaz de tener suficiente de ti, *mana mou*.

–Ni yo de ti –convino, ahogándose en las profundidades verdes de sus ojos.

Fuera o no sensato, creíble o no, se había enamorado de él. Profunda e irrevocablemente. Ese conocimiento la regocijó tanto como la arrasó.

Viajaron a Andros en lancha motora, un estimulante viaje de una hora que terminó en la capital en la costa oriental de la isla. Choro era un pueblo hermoso situado en una península entre dos extensas playas arenosas. Paseando por sus aceras de piedra y estrechos callejones con Mikos, se sintió transportada a tiempos medievales.

–Si tuviera una cámara –comenzó, encantada por la visión pintoresca de los hibiscos y las buganvillas que moteaban de color las antiguas paredes blancas y las imponentes mansiones neoclásicas.

Mikos se metió en una tienda y un rato más tarde salió con una cámara digital que sustituía la que ella había perdido en la inundación de su habitación.

–Un regalo de tu mayor admirador –dijo, frenando la insistencia de ella de pagársela–. Estoy seguro de que jamás serías tan poco amable como para rechazarla.

De modo que la aceptó, reacia a estropear siquiera un poco la perfección del día.

La llevó hasta el extremo de la península, a una plaza con suelo de mármol en la que se alzaba una estatua dedicada al Marinero Desconocido. Allí le pidió a otro turista que les sacara fotos juntos.

Con la luz diurna apagándose poco a poco, se sentaron en la terraza de un restaurante a beber *ouzo* con agua, aceitunas, pan con *tzitziki* hecho con cebolla rallada, ajo y pepino, denso como un yogur, y a contemplar el sol moribundo que proyectaba capas de color sandía y naranja sobre el cielo.

De algún modo, el momento capturaba la misma esencia de la Grecia que había llegado a conocer y amar... un país lleno de vistas, sonidos y colores bulliciosos.

Cuando luego Gina miró cada foto en la pantalla de la cámara, vio a un hombre y una mujer que bien podrían haber estado de luna de miel. En una, los dos estaban riendo y apoyados el uno en el otro, con el lenguaje corporal hablando de un conocimiento más profundo e íntimo que el mostrado ante el ojo público. En otra, ella miraba a un lado con una sonrisa en la cara, y Mikos la miraba con un deseo tan manifiesto que casi le dio ganas de llorar.

Pero no lo hizo. No quería estropear la magia.

Finalmente, regresaron a la lancha, acomodaron sus compras y con una luna creciente iluminando su camino, volvieron a Petaloutha.

–¿Te lo has pasado bien? –quiso saber Mikos al aproximarse al embarcadero donde Dimitri esperaba para asegurar los cabos.

–De maravilla –respondió–. Pero me alegra volver aquí. Siento como si volviera a casa.

La miró con una sonrisa.

–Lo sé. Yo siento lo mismo. Marcharme de aquí siempre es un palo, y nunca es demasiado pronto para regresar.

Aquella noche, le dijo que la amaba. Con los ojos nublados por la pasión, la penetró y se convulsionó con la potencia del clímax y pronunció las palabras que Gina jamás pensó que saldrían de sus labios.

–¡*S'agapo*, Gina! –jadeó–. ¡Te amo!

Ella contuvo el aliento, esperando que renunciara a dicha afirmación. Los segundos pendieron de una fina cadena de oro de suspense antes de que repitiera:

–Te amo, *mana mou*.

Entonces, ella se atrevió a contestar:

–Yo también te amo, Mikos –suspiró.

Los días siguientes se fundieron entre sí en una bruma de felicidad. Mikos le mostró más de la isla paradisíaca. Pasearon, navegaron e hicieron el amor en todas partes.

Un día, cuando el aire era sofocante por el calor, la llevó tierra adentro. Protegidos por el sol por un dosel de pinos, subieron la ladera de la colina que había detrás de la casa y cuando llegaron al estanque al pie de una pequeña cascada, se quitaron la ropa y se zambulleron en sus frescas profundidades.

Después, se sentaron en una roca plana y comieron higos y queso y charlaron sobre las cosas que les gustaban, desde libros y música, hasta películas y colores.

–¿Cuándo es tu cumpleaños, Gina? –preguntó en un momento, tumbado boca abajo y con la cabeza apoyada sobre sus brazos doblados.

–El cinco de agosto –le dio un beso tierno en la cicatriz provocada años atrás por un pistolero enloquecido–. ¿Y el tuyo?

–El veintitrés de abril. O sea que vas a cumplir veintinueve dentro de unas pocas semanas.

–Sí.

–¿Crees que alguna vez te casarás?

Su estado de ánimo voló impulsado por una esperanza súbita. La única vez que él había mencionado el matrimonio había sido para decirle que no era para él.

¿Significaba esa segunda mención que había cambiado de idea?

–No lo sé –respondió con cuidado–. Tal como están las cosas con mi madre, sería demasiado para cualquier hombre pedirle que forme parte de mi familia.

–Si te amara lo suficiente, lo haría –afirmó Mikos–. No has nacido para estar sola. Tarde o temprano, el hombre adecuado te encontrará.

«¡Pero no serás tú!».

El corazón se le hundió y giró la cara para mirar la cascada con el fin de ocultarle la desilusión.

Era el hombre más atractivo que había conocido jamás. Su sonrisa la llenaba de luz. Cuando la tocaba, se derretía. Admiraba su integridad, su inteligencia. Le encantaba la camaradería que mostraba con los niños pobres en la calle. Su generosidad, su fuego y su pasión por las cosas en las que creía.

Pero lo había tenido prestado sólo por un rato, y ese recordatorio de que no era de ella la atravesó con una flecha de agudo dolor que a punto estuvo de aniquilarla.

–Eh –él se dio la vuelta y le pasó el dedo por la curva de la espalda–. ¿Qué ha pasado? ¿Cómo es que de pronto tú estás ahí y yo aquí? Te quiero cerca de mí –su voz se tornó ronca–. Te quiero en mis brazos, Gina. Quiero hacerte el amor.

«¡Por tu propio bien, di que no!», la instó su sentido de la supervivencia. Pero se había vuelto una adicta de él y no habría podido rechazarlo más que convertir el día en noche.

El sábado, la víspera de su regreso a Atenas, la serpiente encontró el camino hacia el paraíso, entrando sin invitación mientras Mikos y ella se preparaban para su última cena en Petaloutha.

Como Voula se había tomado la molestia de prepararles un festín de despedida, se vistieron con más formalidad que de costumbre.

En vez de unos shorts y una camiseta, Mikos se puso unos pantalones a medida de un gris claro y una camisa blanca que resaltaba su piel bronceada. Gina se puso un vestido que había encontrado aquella misma mañana en el mercado de Ermoupolis, un vestido de algodón de color crema adornado con unos nomeolvides azules, ceñido a la cintura, y una falda que le llegaba a los tobillos.

Durante el almuerzo, Mikos había sacado un pequeño estuche del bolsillo y le había regalado una cadena de oro.

–¡Vamos, Gina! –había protestado cuando ella le dijo que no podía aceptar un regalo tan caro–. Primero, aquí el oro no cuesta tanto porque nuestros artesanos trabajan por menos dinero. Y segundo, quiero que tengas un recuerdo permanente de las Cícladas y del tiempo especial que pasamos juntos. Creo que puedes dejar que te dé eso, ¿no?

Ella, que siempre se había enorgullecido de encarar los hechos, se había engañado pensando que, una vez que terminara su idilio griego, podría marcharse sin ningún pesar. Pero allí, en la plaza atestada, la verdad la había alcanzado, y tuvo que reconocer que lo que había empezado como una escapatoria temporal se había entretejido con su vida «real» hasta convertirse en una parte esencial de ella.

De algún modo, se había obligado a aceptar la cadena. A sonreír y a darle las gracias. A esconder el dolor que la desgarraba.

De pie ante el espejo del tocador en el dormitorio de él, metió su antiguo colgante en la cadena y luego se la colocó alrededor del cuello.

–Perfecto –dijo Mikos, saliendo del cuarto de baño para situarse junto a ella y sonreír al reflejo de ambos–. Qué magnífica pareja formamos, ¿*neh*?

–*Neh* –convino Gina con voz apenas audible. Luego, sin poder contenerse, añadió–: ¿Me echarás de menos cuando me vaya, Mikos?

La sonrisa de él se había desvanecido y los ojos ocultaron su expresión.

–Tanto, que me niego a pensar en ello –reconoció con voz lúgubre–. ¿Cómo he dejado que pasaras a formar tanta parte de mí cuando siempre he sabido que llegaría el día en que tendría que dejarte ir?

«¡Pídeme que me quede! ¡Dime que las dificultades con mi madre no son insuperables y que podemos arreglarlo para que todos podamos ser felices!», gritó su corazón.

Pedía lo imposible. No había finales milagrosos, no para su madre ni para ella.

–Quizá fuimos tontos al pensar que podríamos jugar con fuego sin quemarnos –dijo él como si le leyera la mente–. Pero te diré una cosa, mi adorable Gina... jamás te olvidaré, y si tuviera sitio para el matrimonio en mi vida, la mano que pediría sería la tuya. Sin embargo, no lo tengo, no más que tú en la tuya. Así que vamos, *mana mou*. Esta noche nos pertenece. Aprovechémosla al máximo.

Fue al sentarse frente a frente, con Mikos tocando el borde de la copa de vino de Gina con la suya, cuando un hidroavión quebró la serenidad de la noche.

–¿Qué diablos...? –Mikos se levantó con el ceño fruncido–. ¿Esperas visita, Voula? –le preguntó al ama de llaves, que al oír el estrépito había salido a la puerta a ver qué sucedía.

Ella movió la cabeza.

–*Ohi*.

–Entonces, ¿quién demonios cree que puede presentarse sin ser invitado?

No tardó en obtener la respuesta. El hidroavión se acercó al embarcadero y apagó los motores. Un momento después, con la ayuda de un hombre que sin duda era uno de sus ubicuos guardias de seguridad, Ángelo Tyros salió del aparato y subió por el sendero en dirección a la casa.

Capítulo 9

MIKOS fue el primero en hablar.

—En nombre de Dios, ¿qué te trae aquí, Ángelo? —exclamó, acercando otra silla a la mesa y sentándolo a ella—. ¿Ha sucedido algo? ¿Estás bien?

—Lo bien que puede estarlo un hombre de mi edad —dijo, y viendo que Voula aún seguía en el umbral de la puerta, dirigió su siguiente comentario a ella.

Aparte de la palabra *ouzo*, Gina no entendió lo que dijo, pero la expresión severa del ama de llaves y su respuesta seca dejó bien claro que le importaba bien poco la actitud altiva del anciano. Con gesto airado, dio media vuelta y regresó a la cocina.

Gina habría llorado. En la última noche que iban a pasar en Petaloutha, no le interesaba compartir a Mikos con nadie, y menos con Ángelo. Pero éste fue ajeno a su recibimiento silencioso y observó el entorno como si la isla le perteneciera.

—Bonito lugar tienes aquí, Mikolas —concedió con condescendencia—. Hace que lamente haber tardado tanto en venir a visitarte.

En ese momento, Voula regresó con una bandeja con una botella de *ouzo*, una jarra de agua helada y un vaso. La depositó en la mesa y luego se dirigió a Mikos.

—¿Habrá un invitado para cenar?

—Por supuesto que lo habrá, mujer —espetó Ángelo con tono irascible—. ¿Crees que he volado aquí con el estómago vacío con el fin de marcharme de la misma manera?

–*Efharisto*, Voula –Mikos le dedicó una sonrisa de disculpa–. Por favor, no te tomes más molestias. Estoy seguro de que lo que ya has preparado será suficiente para tres.

–Nunca aprendiste a tratar a los subordinados –gruñó Ángelo, sirviéndose una cantidad generosa de *ouzo* diluido con un poco de agua, cuando Voula volvió a abandonar el patio–. No le pides las cosas a los empleados, se lo dices... ¡de forma inequívoca!

–Y tú aún no me has dicho qué haces aquí –le recordó Mikos con frialdad.

–¡*Christos*! Dame un momento para recuperar el aliento y meter algo en el estómago. No tardaré en ir al grano –se bebió un trago del aperitivo y después centró su atención en Gina–. Bueno, querida –comentó, observándola de manera implacable de la cabeza a los pies–. Se te ve bien alimentada y bien descansada. Doy por hecho que has disfrutado de tu tiempo en Petaloutha.

–Mucho –concedió con rigidez.

–Y ahora llega a su fin.

Por algún motivo, experimentó un escalofrío. ¿Imaginaba la amenaza en la voz del otro o eran los prejuicios nacidos del desagrado que le inspiraba?

–No del todo –intervino Mikos–. Todavía disponemos de casi veinticuatro horas. ¿Qué me dices de ti, Ángelo? ¿Cómo ha sido tu viaje?

El anciano le dedicó una mirada taimada.

–Interesante –explicó–. Muy interesante.

–¿Cuándo has regresado?

–Esta mañana.

–Entonces estoy aún más sorprendido de verte aquí. Por lo general, no te alejas mucho de casa después de un viaje. A propósito, ¿cómo está Penélope?

–Colaboradora, para variar –mostró los dientes manchados de nicotina en una sonrisa más parecida a una mueca burlona–. Nos hemos llevado tan bien, que terminé por preguntarme por qué me había divorciado de ella. Penélope –continuó antes de volver a centrar súbitamente su atención en Gina– fue mi tercera esposa, por si te lo estás preguntando. Permanecimos juntos bastantes años antes de que me cansara de ella.

A Gina se le ocurrieron varias respuestas, ninguna agradable, de modo que plantó una sonrisa en su cara con la esperanza de que la ayudara a ocultar su antipatía.

–¿Se mantiene en contacto con todas sus ex esposas?

Él soltó una risa aguda.

–Sólo con las que todavía respiran. No tardaré en reunirme con las otras.

«No lo bastante para mí», pensó ella. Y cuando Voula apareció con una pesada bandeja de *mezedes*, aprovechó la ocasión como su vía de escape.

Apartó la silla de la mesa y se levantó.

–Por favor, dile a Stavroula que ya ha tenido demasiados problemas, Mikos, y que voy a ir a la cocina a echarle una mano.

–Bajo ningún concepto –ordenó él–. Ella no lo permitirá, ni yo tampoco. Siéntate.

Un griego arrogante a la mesa era más que suficiente. No pensaba tolerar a otro.

–Por si no lo has notado, Mikos –repuso, pronunciando claramente cada sílaba–, yo no soy lo que con desprecio tu jefe alude como una subordinada, de modo que a pesar de su exhortación, te ruego que no me des órdenes.

La boca de él se movió divertida.

–Si dijera *efharisto,* y explicara que te echaría mucho de menos si te fueras, ¿te quedarías, *calli mou*?

–Más le vale –declaró Ángelo, sirviéndose aceitunas y pulpo ahumado en el plato–, ya que ella es la razón por la que he venido.

Esa respuesta, más que la de Mikos, fue lo que la instó a sentarse otra vez.

–¿Sí?

–*Neh*. La última vez que estuvimos juntos, dijiste que querías una oportunidad para que habláramos –en sus ojos brilló un fulgor hostil–. Y he descubierto que yo también tengo muchas cosas que me gustaría decirte; de modo que pensé, ¿qué mejor lugar para ese intercambio que esta pequeña isla, donde ninguno de los dos puede huir y esconderse del otro?

En esa ocasión no imaginaba cosas. El viejo irradiaba maldad y toda iba dirigida contra ella. Pero no la intimidaba.

–No podría estar más de acuerdo –intercambió mirada por mirada sin pestañear–. Así que ¿por qué no dejamos de dar rodeos y vamos directamente al grano?

Mikos reconoció la actitud de Ángelo. Era la que adoptaba cuando se preparaba para acabar con un oponente que, adrede o no, se hubiera ganado su enemistad.

Pero ¿permitirle que su blanco fuera Gina? ¡Jamás mientras tuviera un último aliento de vida!

–Si has venido hasta aquí en busca de un enfrentamiento con alguien, Ángelo –espetó–, entonces que sea conmigo. Gina está prohibida.

Ángelo pasó un trozo de pan por el aceite de su plato.

–Gina –repuso impertérrito– es una mentirosa o una ladrona, o ambas cosas.

–¡*Christos*! Jamás he golpeado a un hombre de la

mitad de mi tamaño y que me duplicara en edad, Ángelo, pero... —con el puño cerrado, se levantó de la mesa con una ira descarnada encendiéndole la sangre.

—¿Cuándo una *agapetikia*, una simple amante a quien descartarás como ya has hecho con otras, te importa más que yo, quien te ha convertido en el hombre que eres en la actualidad? —se mofó Ángelo—. ¿Cómo es que tienes tan poca confianza en mi juicio o en el afecto que siento por ti, Mikolas, que dudas por un segundo que haría semejante afirmación sin tener con qué respaldarla?

—Está bien, Mikos —dijo Gina con calma—. Deja que termine —miró a Ángelo—. Por favor, continúe, señor Tyros. Explique sobre qué mentí, o qué robé, o ambas cosas. Y cuando haya terminado de difamarme, le aclararé unas cuantas verdades que ya es hora de que conozca.

Mikos titubeó, y durante un largo momento, su amante y su benefactor se miraron con ojos centelleantes. Ángelo fue el primero en romper el silencio.

—Ese artículo de joyería que tu amante luce con tanto descaro alrededor del cuello no es, tal como ella afirma, algo legado de un miembro de la familia a otro. Me pertenece a mí y desapareció de mi casa hace más de sesenta años.

—Debes de estar equivocado —repuso Mikos—. Sólo se parece a uno que llegaste a tener.

Ángelo metió la mano en el bolsillo.

—Me temo que no, *yio mou*. Aquí tengo los pendientes a juego, que le di a Penélope el día de nuestra boda. Amablemente, me los prestó para corroborar mi historia, porque sabía que tú no creerías que te habían engañado con tanta facilidad.

Arrojó la prueba sobre la mesa: unas amatistas grandes con diamantes engastados en oro.

–Examina la parte de atrás y luego pídele a tu amante que te deje hacer lo mismo con su colgante. Verás que los tres llevan tallado mi escudo familiar.

Mikos apartó los pendientes.

–Una coincidencia, pura y simple. Me niego a someter a Gina a semejante indignidad.

–¿Tanto significa para ti? –Ángelo enarcó las tupidas cejas con incredulidad.

Mikos reconoció para sí mismo que Gina había llegado a significarlo todo. Había creído que podría despedirse de ella y continuar su vida donde la había dejado. Pero al verla en ese momento vulnerable a un ataque, comprendió lo imposible que sería eso.

–Sí, significa tanto.

–¿Y estás seguro de conocerla tan bien como para salir impetuosamente en su defensa?

–Bastante seguro.

–Entonces, me entristece tener que ser yo quien te desilusione.

–Dudo que alguna vez puedas hacer eso, Ángelo.

–Veremos –devolvió el escrutinio a Gina–. ¿Te quitarás el colgante, muchacha, o debo hacerlo yo por ti?

Sin decir una palabra, ella desabrochó la cadena y la extendió con el colgante, no hacia Ángelo, sino hacia Mikos.

–No es necesario, *agape mou* –dijo él–. Ha habido un error.

–Es necesario, Mikos.

El tono de voz de ella le heló el corazón. Con creciente consternación, aceptó el colgante, inspeccionó la parte de atrás y reconoció que Ángelo había dicho la verdad. El escudo de Tyros se veía con claridad.

Alzó la vista y se encontró con su mirada, que no parpadeaba.

–¿Conocías esto, Gina?

–Sabía que estaba tallado. No sabía qué significaba el escudo.

–¿Cómo llegó a tus manos?

–Exactamente como he dicho. Siempre ha estado en mi familia. De niña solía jugar con él.

–¡Mientes! –tronó Ángelo–. ¡Me lo robó una mujer que creyó, por el hecho de haberla llevado a mi cama, que podía chantajearme para que me casara con ella!

–Esa mujer –lo informó Gina con ojos encendidos– era mi abuela, Elizabeth Beecher. Y si yo hubiera sabido los orígenes de esta... de esta *cosa*, jamás habría manchado mi piel llevándola.

Ángelo abrió la boca para replicar, pero volvió a cerrarla.

–Veo que reconoce el nombre –continuó Gina con frialdad–. Que pena que no tuviera la decencia de reconocer a su hija, a quien ella trajo al mundo y crió sola en una época en que las madres solteras eran tratadas como proscritas de una sociedad decente –hizo una leve pausa–. ¿Sabe una cosa? Estoy aquí para hacerle pagar por esa omisión.

–¿Qué estás diciendo? –preguntó Mikos, palideciendo.

–Está bastante claro –indicó Ángelo–. Ha venido aquí con esa ridícula historia con la esperanza de que le ofreciera comprar su silencio. No imaginó que la desenmascararía antes de que pudiera ejecutar su plan –miró otra vez a Gina–. ¡Admítelo, mujer! Buscas mi dinero, ¿verdad?

–Sí –repuso ella sin ambages–. Y bastante.

Girando en redondo, Mikos entró en la casa y fue al despacho que ni se había molestado en pisar desde el día en que había llevado a Gina Hudson a la isla. Una vez allí, con la puerta cerrada entre él y la debacle que estaba teniendo lugar afuera, fue de un lado a otro, recriminándose por no haber seguido su primer instinto, el que le decía que no se podía confiar en ella.

Lo había embaucado desde el principio, y el único culpable era él.

Regresó a los pocos minutos. Al ver la ira que le distorsionaba las facciones, Gina se encogió en su asiento. No era así como había querido que pasaran las cosas. Había pensado que tenía todas las cartas y que podría atacar a Ángelo por sorpresa cuando ella lo decidiera. Pero era él quien la había sorprendido, y aunque no tuviera el grabado que así lo demostrara, la afirmación de que el colgante le pertenecía había avivado un recuerdo de su infancia que corroboraba la verdad de esas palabras.

«No deberías dejar que Gina juegue con eso», su madre había reprendido a su abuela. «Es demasiado valioso».

«Oh, deja que lo tenga. Para empezar, fue una ganancia mal adquirida», había sido la respuesta crítica de Elizabeth, «y no me sirvió para nada salvo para la satisfacción temporal de saber que me había llevado algo que a él le importaba mucho más de lo que yo le importé alguna vez».

–Entonces, querida –comenzó Mikos, sentándose otra vez a la mesa–, te presentaste ante mí haciéndote pasar por periodista y ahora reconoces con descaro que viniste aquí con el único propósito de sacarle dinero a Ángelo.

–No fingí nada –protestó ella–. Realmente se me encargó cubrir la fiesta.

–Eres una oportunista, así de simple –replicó él con aspereza–. Si no hubieras podido atravesar el filtro de seguridad con un pase de prensa, habrías encontrado algún otro modo de conseguirlo, porque tu único objetivo desde el principio era llegar hasta Ángelo.

–No fue exactamente así –le dijo.

–Entonces, ¿cómo fue exactamente? Explícamelo, por favor, porque soy demasiado idiota para descubrirlo por mí mismo –dijo con desprecio–. ¡Ya, Gina!

–Abandona esa actitud –replicó ella, desconcertada porque, después de lo que habían sido el uno para el otro, pudiera pensar lo peor de ella con tanta facilidad–. En contra de lo que parece pensar Ángelo, *no* soy tu amante y no te debo nada salvo el dinero que me prestaste y que te pagaré tan pronto como sea posible.

La miró como si la estuviera viendo por primera vez y no le impresionara lo que veía.

–¿El dinero es en lo único en lo que siempre piensas o entiendes?

–No –susurró–. Pienso en mi madre y... en ti. Y tú no me entiendes en nada.

–Entonces, explícate. Y antes de que empieces...

–Déjala hablar, Mikolas –cortó Ángelo, fijando la vista en Gina–. Adelante, muchacha. Empieza desde el principio y tómate tu tiempo. Tenemos toda la noche.

Suspiró y relató con toda la falta de emoción que pudo la situación de su madre y la promesa que le había hecho de no abandonarla nunca.

–Pero todo eso cambió el día que volví a casa del supermercado y descubrí que no estaba –expuso–. Se ausentó dos días y dos noches –calló unos momentos–. Al final la policía la encontró en la Isla de Vancouver, en Parksville, sin tener idea de cómo había llegado hasta allí, de dónde venía o incluso quién era. Llevaba el abrigo, sus mejores zapatos, sus perlas y nada más. La rastrearon gracias a la pulsera y a la etiqueta que yo había colocado en su abrigo.

Volvió a callar con un nudo en la garganta. Ninguno

de los hombres pronunció palabra. La observaban impasibles.

—Entonces supe que había llegado el día tan temido. Por su propia seguridad, tenía que retractarme de mi palabra e ingresar a mi madre en una institución —para su vergüenza, comenzaron a caerle las lágrimas—. ¡La palabra apestaba a abandono, desesperanza! ¿Cómo podía hacerle eso?

—Una decisión difícil, lo reconozco —dijo Ángelo con tono menos cáustico—. Pero, querida muchacha, ¿qué tiene que ver eso conmigo? ¿Por qué debería ir en su ayuda?

—¡*Porque es su hija*! —le arrojó a la cara—. ¿Es que no ha oído ni una palabra de lo que he dicho? Es la hija a la que le dio la espalda, ¡y necesita la clase de ayuda que sólo usted puede proporcionarle!

—Si eso es verdad —interrumpió Mikos con sequedad—, ¿por qué has esperado tanto para presentarte?

—Porque yo misma me he enterado hace poco de que él es su padre.

—¡Qué oportuno! Descubres que Ángelo es el padre de tu madre justo cuando vienes de camino a Grecia para entrevistarlo.

—¡No sucedió así! La había llevado a un examen regular con nuestro médico, y mientras esperábamos para verlo, ella se puso a mirar una revista de negocios —le lanzó una mirada fiera a Mikos—. Y antes de que digas una palabra, mi madre era una mujer inteligente y culta antes de su enfermedad. Poco sucedía en el mundo de lo que ella no estuviera enterada.

—¿Adónde quieres ir a parar? —instó sin un ápice de simpatía o comprensión.

Incapaz de soportar mirarlo, se centró en Ángelo.

—En la revista aparecía una foto suya con un pie en el que se anunciaba el inminente cumpleaños que iba a celebrar. Y mamá... –tragó saliva–. Se agitó. Comenzó a llorar y a abrazar la revista y a gritar que su padre no la quería.

–¿Y ésa es tu prueba de paternidad? –Mikos rió con desdén–. Podrías hacerlo mejor, ¿no?

Lo miró furiosa.

–Sé que suena endeble, y estuve dispuesta a achacar el incidente como otra señal de su demencia, pero cuando se lo conté a nuestro médico, él corroboró la historia.

–¿Cuánto tuviste que darle para comprarlo?

–¡*Scasmos*! –espetó Ángelo–. Por el amor de Dios, Mikos, cállate y déjala hablar. Continúa, muchacha.

–En vez de llevar vergüenza a su familia dando a luz a un bebé fuera del matrimonio, mi abuela dejó su hogar en el este de Canadá y se trasladó a la Costa Oeste, a la isla donde yo crecí. Todo el mundo pensaba que estaba viuda. La única persona a quien le confió la verdad fue a su médico, el padre de nuestro médico actual, quien la cuidó durante todo el embarazo y trajo a mi madre al mundo.

–Una historia conmovedora, desde luego –manifestó Mikos–, pero sigue sin ser una prueba contundente de que Ángelo fuera el padre. La única certeza que hay es que esa mujer no tenía marido y que su hija nació bastarda.

–Algo parecido a lo que pasó con tu madre y tú, entonces, ¿verdad? –replicó por el dolor.

–¡Deja a mi madre al margen de esto!

–Encantada –tuvo que cerrar las manos para no abofetearlo–. En cuanto tú reconozcas que mi madre tiene suficiente que soportar en su situación actual sin tener que añadirle esa etiqueta.

–¿Cuándo es el cumpleaños de tu madre? –intervino Ángelo sin su estridente arrogancia.

Sin que nadie se percatara, se había puesto de pie y, pálido, se apoyaba en la mesa.

—Nació el veintiocho de marzo de 1948 —respondió ella—. Y como no esperaba que aceptara mi palabra sin cuestionarla, le he dado permiso a nuestro médico para entregarle todo el historial médico de mi madre, incluidos los resultados del análisis de ADN, que autoricé antes de venir aquí.

—¡*Christos*! —trastabilló un poco y de inmediato volvió a sujetarse al borde de la mesa—. Entonces, ¿de verdad eres mi nieta?

Mikos no le dio tiempo de responder.

—No saques ninguna conclusión, Ángelo. Hasta ahora, sólo tenemos su palabra, y ya sabemos que se le da bien cubrir su rastro.

—Sin embargo, Mikolas, veo en ella un parecido conmigo cuando tenía su edad.

Mikos soltó un bufido desdeñoso.

—Tiene el pelo y los ojos oscuros, te lo concedo, pero si eso es lo que hace falta para confirmar una paternidad, podrías haber engendrado a tres cuartas partes de la población griega —tomó al anciano por el brazo y lo instó a sentarse.

Ángelo le apartó la mano.

—¡Te digo que se parece a mí! Y también tiene un aire a Rhoda.

—¿Rhoda?

—Su abuela. En inglés, la llaman Rose.

Mikos aprovechó la oportunidad que se le presentaba.

—Dijiste que se llamaba Elizabeth —acusó a Gina.

—Así es. Elizabeth Rose. Y si también hace falta prueba de eso, encontrarás sus dos nombres en su partida de nacimiento y en su certificado de defunción.

Creció como Rose, pero la gente en la isla la conocía sólo como Elizabeth, supongo que porque quería tener un comienzo nuevo.

Ángelo intercambió una mirada con Mikos.

—Primero el colgante, y ahora las fechas, los nombres, el parecido familiar. La historia de la muchacha tiene el deje de la verdad, Mikolas.

Al principio, pensó que Mikos insistiría en negarlo, pero al final asintió de malhumor y se dirigió al borde del patio.

—Queda un pequeño hecho del que probablemente no quieras saber nada —dijo Gina con desafío en dirección a su espalda—, pero parece que me bautizaron en honor de mi abuela. Mi nombre completo es...

—Angelina —concluyó por ella—. Lo sé. Lo que demuestra lo tonto que fui en no establecer la conexión hasta ahora.

—¿Qué quieres decir con que lo sabes? —pidió ella desconcertada.

—Figura en tu pasaporte.

—¿Y cómo sabes eso, si mi pasaporte está a buen recaudo en la caja fuerte del hotel?

—No lo estaba cuando le pedí a un agente de mi equipo que te investigara.

—¿*Qué*?

Giró y le dedicó una sonrisa helada.

—No eres la única que tiene secretos, Gina. Mientras recorríamos Evia la noche del cumpleaños de Ángelo, hice que inspeccionaran tu habitación. ¿O pensaste que era tu fascinante belleza lo que me mantuvo pegado a ti hasta el amanecer?

—¡Es mentira! El director del hotel jamás habría permitido que un desconocido entrara en mi habitación sin mi permiso.

Él soltó una risa burlona.

—El hombre al que mandé no necesitaba permiso. Sencillamente, usó tu llave, la que pensaste que habías perdido. Salvo que no fue así. Te la quitó del bolso mientras bailabas conmigo.

—¿Y con qué posible fin?

—Para asegurarme que eras quien decías ser.

—¿Y qué otra cosa pensaste? —gritó—. ¿Qué era una asesina secreta que quería acabar con tu querido Ángelo en una sala llena de gente?

—No habrías sido la primera en intentarlo. Y no pensaba involucrarme con alguien en quien no podía confiar.

Ella sintió un vacío terrible.

—¡Santo cielo, hablas en serio! —susurró.

—Absolutamente. Y al parecer, mis sospechas se confirmaron.

La admisión de él la atravesó tan profundamente, que pensó que el corazón se le iba a partir. Todo ese tiempo... todas las noches pasadas en sus brazos, las veces que la llamó *agape mou*... Todo había sido posible porque la primera noche había mandado a uno de sus subordinados a irrumpir en la habitación del hotel donde se alojaba en busca de pruebas de que era merecedora de su atención.

—¡Tú también mentiste! —le recordó—. ¡Dijiste que me amabas, Mikos!

—El tipo de cosas que un hombre dice cuando está dominado por la pasión —respondió con frialdad.

—¡Callaos los dos! —estalló Ángelo, dando un golpe en la mesa—. No permitiré que mi nieta y el hombre al que quiero como a un hijo se ataquen de esa manera. Ya se ha cometido demasiado daño sin necesidad de añadir más.

Gina giró hacia él para decirle que él se había comportado de igual manera, y que el día que abandonó a su abuela y a su madre era el día en que había perdido todo derecho a reclamar un parentesco con ella.

Pero lo que vio no era el monstruo que se había convencido que era. Se trataba de un hombre viejo, con la conmoción apagando el fuego de sus ojos, dejándolo tembloroso.

—¿De verdad tu madre está enferma? —preguntó con voz trémula.

—Oh, sí, eso lo comprobé —confirmó Mikos—. Y se encuentran en aprietos financieros. Ella dirige un hostal, pero la casa necesita una rehabilitación tan profunda, que este año no se ha molestado en anunciarse en busca de huéspedes para el verano.

La enormidad de la traición de Mikos la desinfló. No tenía más deseo de luchar contra él que de comer los mariscos que Voula había puesto sobre la mesa.

—Tiene razón —le dijo a Ángelo con pesar—. Se ha cometido mucho daño. Demasiado para que alguna vez pueda repararse.

Entonces se dio la vuelta y se dirigió al dormitorio que había compartido con Mikos, sabiendo que él no se reuniría con ella, ni esa noche ni ninguna otra.

Capítulo 10

SÉ QUE LO hiciste por mí, pero decirle que la habías investigado... Le has hecho daño, Mikos. Le has hecho mucho daño.

Lo sabía. Rememorar lo pálida que se había puesto al enterarse hizo que lo lamentara en el acto. Pero luego miró a Ángelo, y temiendo por el corazón del anciano, endureció el suyo.

—Se te ve mal, Ángelo. Lo primero que haremos mañana será llevarte a Atenas y a un hospital.

—No necesito un doctor.

—Tienes el corazón delicado.

—*Mi* corazón no es el problema en este momento, Mikolas. El tuyo sí.

Intentó sonreír, pero el esfuerzo representaba demasiado tal como se sentía.

—Tuve una aventura que se estropeó. No hay nada grave en eso.

—O, quizá —musitó Ángelo—, te enamoraste.

—¿De una artista del fraude? —comentó con desdén.

Su orgullo había recibido un duro golpe. Profesionalmente debería haberlo anticipado. ¿Personalmente...? Apretó los dientes con furia impotente.

Observándolo y midiendo con precisión las emociones encontradas que lo dominaban, Ángelo dijo:

—No siempre podemos controlar nuestro destino, Mikolas. Yo mismo acabo de descubrirlo. Me gustaría pensar que aprenderás pronto la lección para no repetir mis errores.

En esa ocasión rió con sinceridad.

—Creía que tú nunca cometías errores, *yarro*.

—Al parecer lo hice cuando me negué a reconocer que podría haber sido el padre del hijo que esperaba Rhoda.

—¿De verdad crees que es una posibilidad?

—Más que una posibilidad. Pasamos todo un verano juntos. De igual manera que tú has pasado las últimas semanas con la joven que bien podría resultar ser mi nieta —concluyó con tono algo sombrío.

—Bueno, *ella* no está embarazada, si es lo que quieres dar a entender —repuso a la defensiva.

—No doy a entender nada ni estoy en posición de emitir un juicio —apoyó la cabeza en el respaldo de la silla y cerró los ojos—. Lo que sí voy a hacer es cerciorarme de que esa joven tenga dinero suficiente para cuidar de su madre.

—¿Aunque no puedas estar seguro de que sea familia tuya?

—No importa que lo sea o no. En una ocasión le di la espalda a una mujer que suplicó mi ayuda, y todas las pruebas apuntan a que fue el mayor error de mi vida. Ahora está muerta, de modo que a ella no puedo compensárselo, pero no es demasiado tarde para ayudar a Gina.

—Me estás poniendo nervioso, Ángelo —lo miró con cautela—. No es típico de ti.

Ángelo abrió los ojos y lo atravesó con la mirada.

—Mírame, Mikolas, y dime qué ves.

—A un hombre al que debería examinar un médico.

—No —descartó la sugerencia—. Tengo ochenta años, la salud delicada y estoy solo. Mi único hijo murió. Mis ex mujeres sólo me toleran cuando quieren algo de mí. Aparte de ti, no hay nadie en el mundo a quien le importe si sigo vivo, y sí docenas que se alegrarían con mi muerte. Mi dinero, mi influencia y mi poder son mis únicos activos. Si no, soy un viejo tonto que intenta engañarse creyendo que las mujeres aún lo encuentran atractivo y que los hombres quieren ser sus amigos. Pero en todo este tiempo, he tenido una familia que me necesitaba y que podría haberme querido por mí mismo, si le hubiera dado la oportunidad. ¿Tienes idea de cómo hace que me sienta eso?

–Sé que estás dolido y confundido por todo lo que ha tenido lugar aquí esta noche. Pero acabas de admitir que el dinero no puede comprar el amor, Ángelo.

–No intento comprar nada. Sólo trato de hacer lo correcto, para variar –suspiró–. Ve a buscar a la chica, Mikolas. Tráemela. Quiero arreglar esto esta noche.

La encontró en la puerta del dormitorio, justo cuando se inclinaba para recoger la maleta de donde la había dejado en el suelo.

–¿Adónde crees que vas? –preguntó con frialdad.

–Lejos de aquí –repuso, irguiéndose con un esfuerzo sobrehumano para mantener la compostura.

–¿A esta hora? –esbozó una sonrisa amarga–. No llegarás lejos, a menos que planees ir nadando hasta Andros.

–Le pediré a Dimitri que me lleve a primera hora de la mañana, y hasta entonces dormiré en la playa.

Él puso los ojos en blanco.

–Ahórrate tanto drama, Angelina. Dormirás aquí.

–¿Contigo? –la esperanza se encendió en su interior, breve y brillante como una estrella fugaz.

–No, gracias. Olvidas que tengo cabañas para invitados. Suelen ser prácticas en momentos como éste.

El orgullo la rescató, permitiéndole imitar su tono cínico.

–¿Y poder acusarme de haberte echado de tu propio hogar, aparte de mis otros pecados y omisiones? Ni se me pasaría por la cabeza.

–¿Por qué no? –preguntó él con súbita furia–. Has hecho cosas peores en el breve tiempo que has estado aquí.

Gina hizo una mueca de dolor.

–Te he amado –forzó las palabras–. Sin importar de lo que pueda ser culpable, al menos eso es verdad.

–¡Tonterías! –bramó–. ¡No fui más que tu intermediario hacia Ángelo!

–Puede que lo fueras al principio –se aferró a su brazo, desesperada de que lo entendiera–. Me vi atrapada entre dos extremos imposibles. No me culpes por querer hacer lo mejor para mi madre, cuando sabes que tú habrías hecho lo mismo en mi situación. Pero ¿afirmar que te he usado? Tú sabes que eso no es verdad.

Con los dedos pulgar e índice, le apartó la mano de su brazo como si fuera un insecto.

–Perdona si me cuesta creerlo.

–¡Entonces cúlpate a ti mismo por ser tan tonto! –gritó–. Si tantas sospechas desperté en ti que me hiciste investigar, ¿por qué te molestaste en tener una aventura conmigo en primer lugar?

Una nube momentánea de incertidumbre pasó por los ojos de Mikos.

–No me pidas que te explique algo que ni yo mismo entiendo. Lo que tuvimos pudo haber sido bueno mientras duró, pero ya se acabó, y eso es lo único que cuenta.

–Entonces, ¿por qué estás aquí, impidiendo que me vaya, cuando lo único que quiero es irme?

–Porque no te vas a ir, todavía. Ángelo quiere verte primero.

–¿Por qué?

–Eso te lo dirá él. Yo sólo soy el mensajero –con el dedo pulgar señaló el cuarto de baño–. Ve a lavarte la cara y contrólate. No necesita verte como la ira de Dios. Ya le has causado suficiente dolor por una noche.

–Siempre debe estar todo a tu manera, ¿verdad, Mikos? –espetó–. Desde el principio manipulaste los acontecimientos para que encajaran con lo que tú querías, y sigues haciéndolo. Me interceptaste cuando traté de irme del Grande Bretagne sin ti. Prácticamente me secuestraste con la limusina y me obligaste a quedarme toda la noche contigo... bajo falsas premisas. Me presionaste para que me trasladara a tu casa, y no lo dejaste hasta que acepté, luego insististe en traerme aquí, donde podías controlar cada uno de mis movimientos.

–No se puede decir que hayas sufrido –comentó sin pasión.

–Es verdad. Siempre que me adaptara a *tus* planes y a *tus* deseos, reinaba la armonía. Pero como me atreviera a oponerme, a ser más astuta que tú, ¡mira cómo reaccionas!

–¡*Scasi*... cállate! –soltó–. Cállate y acaba de una vez. Ángelo no tiene toda la noche, ni yo tampoco.

Al oír lo que Ángelo había planeado, Gina se negó a tener algo que ver en el asunto.

–Muchas gracias, pero no –manifestó con altivez–. Si no le importa, no quiero más favores.

–No puedes permitirte el lujo de rechazarme, muchacha –la informó con impaciencia–. No si tu madre te importa tanto como dices.

Desde un rincón de la terraza, Mikos observaba con

la máxima imparcialidad que podía mostrar, buscando ese parecido familiar entre ambos que Ángelo estaba seguro de que existía. Y de pronto lo encontró, no de forma manifiesta, sino en pequeños detalles que pasarían fácilmente desapercibidos para un hombre que no supiera qué buscar.

Gina había heredado unas líneas mucho más delicadas que Ángelo, pero la boca generosa, el ángulo orgulloso de la cabeza, los pómulos elevados eran típicos de los Tyros. En cuanto al desafío de sus ojos oscuros, le resultaba tan familiar como el de Ángelo.

—Si de verdad eres una Tyros, deberías ser lo bastante inteligente como para reconocer algo bueno cuando lo tienes ante las narices —atronó Ángelo.

Impertérrita, ella adelantó el torso y le gritó:

—No me levante la voz. Puede que tenga sangre de los Tyros en las venas, pero eso no significa que tenga que tolerar sus tácticas de matón.

Él se echó para atrás, al parecer demasiado desconcertado para responder, y en el breve silencio, pasada ya la medianoche, sonó el teléfono. Un sonido estridente y ominoso a esa hora. El número no figuraba en ninguna guía, y las pocas personas que lo conocían sabían que sólo debían usarlo en casos de extrema urgencia.

—¿Quién demonios llama en mitad de la noche? —ladró Ángelo, mirando a Mikos con ojos centelleantes.

—Lo averiguaré —se dirigió a su despacho.

Diez minutos más tarde regresó a la terraza, y antes de que hablara ellos vieron la gravedad de las noticias que traía.

—¿Y bien? —Ángelo fue el primero en hablar.

Con andar renuente, se acercó a la mesa.

—Me temo que ha habido un accidente.

Fue todo lo que dijo, pero Gina palideció.

–¿Mi madre? –musitó.

–Sí. Acabo de hablar con su médico.

–¿Está...? –no pudo acabar.

–No –respondió él con firmeza–. No está muerta... pero sí muy herida.

–¿Se encuentra hospitalizada?

–Sí.

–¡Oh, Dios! –enterró la cara en las manos y cuando él trató de consolarla, se apartó como si la hubiera abofeteado.

–Cuéntanos qué ha pasado –pidió Ángelo.

Superando su resistencia, Mikos le tomó las manos. Estaban frías como el hielo.

–Se cayó del alféizar de una ventana. Al parecer había salido para tratar de limpiarla ella misma y perdió el equilibrio. Alguien que pasaba por la calle la vio caer y llamó a una ambulancia. Sucedió esta mañana a las nueve, hora del Pacífico. La persona que contrataste para que la cuidara creía que estaba durmiendo y se hallaba en la cocina preparando el desayuno.

–¡Oh, Dios! –gimió, suplicando el perdón divino–. Es mi culpa. *Yo* se lo he hecho.

–Fue un accidente, Gina. Nadie tiene la culpa.

–Te equivocas. Jamás debería haberla dejado –se apartó de él y, cruzando los brazos a la altura de su cintura, comenzó a mecerse, torturada por la culpa–. Si hubiera estado allí, jamás habría pasado.

–Eso no lo sabes, *calli mou* –la tomó en sus brazos–. Tú misma me contaste que se había vuelto demasiado impredecible y que ya no eras capaz de velar por su seguridad. Fue la razón que te trajo aquí en busca de la ayuda de Ángelo.

Pero estaba inconsolable.

–¡Te digo que es mi culpa por dejarla! Sólo confiaba en mí, y la abandoné con una desconocida –con los ojos muy abiertos, luchó por volver a soltarse–. Quiero irme a casa. Tienes que ayudarme, Mikos. Necesito volver a casa de inmediato.

Viendo que temblaba como una hoja en una tormenta, Ángelo sirvió un dedo de brandy en una copa.

–Nos encargaremos de que lo hagas. Mañana por la noche, estarás junto a la cama de tu madre, te lo prometo. Pero hasta que amanezca no hay nada que podamos hacer, y ahora mismo te domina la conmoción –empujó la copa por la mesa–. Bébete eso, niña. Te ayudará a calmar los nervios.

Una sombra oscureció la luz que salía de la casa. Alzando la vista, Mikos vio que Voula y Dimitri se habían acercado con expresiones de preocupación.

–Lo hemos oído –musitó Voula–. Yo la cuidaré mientras usted se ocupa de los preparativos –acarició la mejilla de Gina–. Venga conmigo, *kori mou*. Deje que cuide de usted –se la llevó con gentileza tomada de la mano.

–¿Es serio? –preguntó Ángelo en cuanto se quedaron solos.

–Parece que sí. Está en coma. No se espera que se recupere.

–¡*Thee mou*! –Ángelo se pasó una mano por la cara–. ¿Encuentro a una hija sólo para perderla antes de poder reparar el daño que causé?

–Deja de hablar de esa manera –reprendió Mikos–. Eres un luchador, Ángelo, igual que yo. Y ahora mismo, nos espera una ardua tarea, así que pongámonos manos a la obra. Una vez que hayamos hecho todo lo que podamos por Gina y su madre, ya tendremos tiempo para recriminaciones para los dos.

El jet de la empresa los esperaba en la pista. A las diez de la mañana siguiente, se hallaban a bordo del aparato y aguardaban permiso para despegar. Hasta el momento, todo había ido según lo planeado. Había posado el helicóptero en el tejado del complejo de oficinas de Tyros, y de acuerdo con las instrucciones dadas la noche anterior, en el aparcamiento los esperaba su coche.

Primero habían ido al hotel a buscar el pasaporte de Gina, realizado una parada rápida para que Ángelo recogiera la maleta que su mayordomo le había preparado y terminado en el ático, donde Mikos echó unas cuantas cosas en una maleta y recogió sus propios documentos. En todo el tiempo, Gina había permanecido acurrucada en el asiento de atrás, tan paralizada por el dolor y la preocupación como para parecer muerta.

En cuanto el avión alcanzó altitud de crucero, intentó que comiera algo.

—Un poco de fruta o un bollo, al menos —instó.

Ella giró la cabeza y miró por la ventanilla. Desde el otro lado de la cabina, Ángelo observaba y no decía nada.

—¿Qué puedo hacer? —le preguntó Mikos en voz baja.

—Estar allí para recogerla cuando caiga —respondió—. Es una crisis que está más allá del poder de nuestras voluntades, Mikolas. Está en manos de Dios.

Capítulo 11

LA INTENSIDAD del verano había llegado a la Costa Oeste en su ausencia. Los geranios adornaban las macetas que colgaban en las farolas de hierro forjado que alineaban las calles. Los turistas llenaban los paseos. Los autobuses rojos de dos pisos y los carruajes tirados por caballos traqueteaban por Government Street.

Pero no había flores en la Unidad de Cuidados Intensivos del hospital. En la estancia donde yacía su madre, separada del resto de la zona por una cortina, flotaba un silencio mortal.

–Una muy severa herida en la cabeza –les había dicho el médico con tono grave–. Me temo que no puedo ofrecerle ninguna esperanza. Ninguna.

Manteniendo la calma por pura fuerza de voluntad, Gina se acercó a la cama.

–Mamá, soy yo –musitó, tomándole la mano y deseando poder transmitirle su propia fuerza vital–. Mira quién ha venido a conocerte. Es tu padre. Abre los ojos y dile hola.

Por las facciones de su madre no pasó nada.

–Mamá –repitió, más alto esa vez, con un deje de pánico en la voz–. ¡Despierta, *por favor*!

Mikos le apretó el brazo.

–Gina, *karthula mou*, no puede oírte.

–¡No te atrevas a decir eso! –espetó, apartándole la mano–. Sigue respirando. Su corazón aún late.

En esa ocasión, él apoyó las dos manos en sus hombros.

—Porque está con respiración asistida. Cariño, ya has oído lo que nos dijo el médico. La mantuvieron con soporte vital hasta que tú llegaras, pero...

—¡No lo creo!

—Por tu propio bien, debes hacerlo. Deja que te ayude a aceptar lo que no se puede cambiar, *agape mou*.

—No quiero tu ayuda —susurró con fiereza—. Vete y déjanos solas. Tu lugar no está aquí.

Al principio, no se movió. Luego suspiró derrotado.

—Muy bien. Estaré en la sala de espera, si cambias de parecer.

En el otro lado de la cama, Ángelo emitió un sonido leve. Mirándolo, Gina no vio al poderoso millonario que había atravesado las aduanas de Canadá y Atenas como un cuchillo caliente la mantequilla, sino a un hombre viejo que no podía controlar las lágrimas que se agolpaban en sus ojos.

—¡No! —suplicó—. Que no te vea llorar. Pensará que se muere y que hemos venido a despedirnos de ella.

—Ella ya se despidió de ti ayer —indicó él, mirándola a los ojos—. El cerebro de tu madre está muerto, pequeña. Deja que se vaya en paz. Ha sufrido demasiado tiempo.

Gina sintió que la envolvía una desesperanza negra.

—No puedo —lloró—. No sé cómo.

Él se levantó despacio de la silla que había ocupado al entrar y rodeó la cama para situarse junto a ella.

—Te ayudaremos, Mikolas y yo, si tú nos lo permites. Apóyate en nosotros, Angelina. Por eso estamos aquí —entonces se inclinó y besó la frente de la madre de Gina—. Lamento no haberte tratado bien —murmuró con voz quebrada—. Perdóname, hija mía. *Adio, pethi mou*. Que Dios esté siempre contigo.

Se persignó tres veces y luego, con lágrimas en los ojos, dejó a Gina para que se reconciliara con la decisión que era sólo suya.

Ella mantuvo vigilia durante casi dos horas antes de poder liberar a su madre de la prisión que durante tanto tiempo había soportado.

–No te diré adiós, mamá –murmuró con voz llorosa–, porque sé que siempre estarás conmigo.

A la mañana siguiente, Gina estaba en su casa de la isla. Los días pasaron como en una bruma, llenos con los recuerdos de una vida superpuestos con el negocio de la muerte. Mikos y Ángelo la acompañaron, a pesar de que habría deseado que se fueran y la dejaran en paz. No quería a nadie a su lado.

Pero ninguno le hizo caso. La cuidaron como si temiera que pudiera romperse, y a medida que se difundía la noticia de la muerte de su madre, los residentes de la isla se unían a ellos, pasando por la casa con tartas, guisos y simpatía.

Y como si pudieran leerle la mente, trataron de consolarla.

«No fue culpa tuya, Gina».

En el tiempo libre que le quedaba entre arreglar los asuntos de su madre y preparar el funeral, comía algo, pero sólo porque Mikos la instaba a hacerlo, y nunca mucho.

Dormía mucho y profundamente, a veces desplomándose sobre la cama temprano, a las ocho de la tarde, para despertar, más de doce horas después, aún agotada.

Una noche, despertó levemente cuando la luna estaba alta y vio a Mikos acostado a su lado, pero había desaparecido cuando abrió los ojos por la mañana, y le alegró. Sabía que lo que hacía estaba impulsado por la culpabilidad.

Lo veía en los ojos y lo oía en la voz de él cuando pronunciaba su nombre y trataba de tomarla en brazos.

No podía soportarlo. Tenía suficiente culpabilidad propia sin tener que aguantar también la suya.

Una vez, la arrinconó y trató de besarla como solía hacer antes. Pero ella giró la cara para que no se acercara a su boca.

—¡Deja de alejarme! —exclamó con frustración—. Quiero ayudarte. ¡Te amo, Gina!

En realidad, no la amaba. Sólo lo decía por pena.

—Si quieres ayudar —respondió—, por favor, trae a mi madre a casa. Iría yo, pero...

—Por supuesto que lo haré —la miró—. Lo que necesites, *agape mou*, pídemelo y yo me ocuparé de ello.

Al día siguiente, la dejó a solas con Ángelo y fue hasta Victoria a recoger las cenizas de su madre. En la isla no había ningún crematorio.

—Sabes que te ama, ¿verdad? —le dijo su abuelo después de que se sentaran en el jardín a beber limonada.

Ella clavó la vista en el maravilloso paisaje nevado del este.

—Siente compasión por mí —repuso sin emoción en la voz.

—¡Claro que la siente! ¡Todos la sentimos, pequeña! ¿Y eso qué tiene que ver con el asunto?

«Todo», pensó. Porque no tenía nada que ver con el amor. El amor debía ser tempestuoso y glorioso.

—Te estás castigando a ti misma, y lo usas a él para ejecutar el castigo —advirtió Ángelo—. Sigue así, y lo perderás. Es demasiado orgulloso para continuar así indefinidamente. Tarde o temprano, se llevará su maltrecho corazón a Grecia, y si no crees que allí habrá mujeres de sobra para querer consolarlo, no eres lo bastante inteligente para llamarte nieta mía.

–Ángelo, hoy nada de sermones, por favor –pidió cansada–. Ahora mismo, apenas tengo fuerzas suficientes para sobrellevar el día de mañana.

–El servicio fúnebre, sí –suspiró atribulado–. Sé lo difícil que será, pequeña. Pero lo harás bien, ya lo verás. Tu madre heredó el espíritu de tu abuela, y ella te lo pasó a ti.

Tuvo razón... hasta un punto. Aguantó el servicio y los pésames ofrecidos por las más de doscientas personas que llenaban la iglesia y que luego fueron a la recepción. Fingió beber su taza de té y recordó agradecer a todos la amabilidad mostrada.

Y cuando todo acabó, se desmayó.

Su médico de familia era uno de los que había ido a honrar a su madre.

–Tensión y agotamiento –les dijo después de que Mikos la trasladara a la pequeña antesala que había detrás del pasillo de la iglesia–. Teniendo en cuenta todo, me asombra que haya aguantado tan bien. Ha tenido unos años muy duros con muy pocos momentos de respiro. ¿Cuánto tiempo van a quedarse aquí?

–El tiempo que nos necesite –repuso Ángelo–. Soy su abuelo.

–Lo supuse –comentó poco impresionado–. Supongo que mejor tarde que nunca –cerró su maletín, se puso la chaqueta y se dirigió a Mikos–. No creo que deban preocuparse. Denle un par de días para que se recupere de la tensión emocional del funeral, y se pondrá bien.

–No ha estado bien desde que salió de Grecia –dijo él–. No tiene apetito, carece de energía. Y ha perdido peso.

–No me sorprende dadas las circunstancias. Pero,

para asegurarnos, tráigala para que le realice un chequeo completo. Nunca hace daño errar por el lado de la cautela.

—¡Como si fuera a hacer algo de lo que yo le diga! —le comentó Mikos con tono sombrío a Ángelo—. Diría que todo lo contrario. No estoy seguro de que le haga ningún bien quedándome aquí.

—Tal vez no —repuso Ángelo sin rodeos—. Quizá lo mejor es que los dos nos vayamos a casa, porque, sin importar lo mucho que deseemos quedarnos, no podemos quedarnos con su dolor, *yio mou*. Es algo que debe hacer ella sola, a su propio ritmo, a su propio tiempo. Y si nuestra presencia aquí lo demora, entonces no le hacemos ningún favor quedándonos.

No podía creer lo que oía.

—¿Sugieres que la abandonemos?

—No. Digo que deberíamos darle su propio espacio para respirar, para sanar y quizá para que nos eche un poco de menos —se encogió de hombros impotente—. Tal vez eso sea necesario antes de que pueda reconocer ante sí misma que nos necesita.

Quiso estar en desacuerdo, pero en el fondo de su corazón sabía que Ángelo tenía razón. Cuanto más trataba de reducir el abismo que los separaba, más se apartaba ella.

—De acuerdo, nos iremos. Pero no antes de que haya visto a su médico. He de saber que se encuentra bien.

—Estoy bien —les dijo cuando los tres se sentaron a cenar.

—Si eso es verdad —dijo Mikos observando con ojo crítico la porción diminuta de pollo y los dos espárragos que había en el plato de ella—, ¿por qué tienes tan poco apetito? ¿Y por qué estás cansada todo el tiempo?

–Estoy un poco abatida, eso es todo, pero el doctor Irving me ha recetado unas vitaminas. Podéis regresar a casa con la mente relajada. Volveré a ser yo en poco tiempo.

«En poco tiempo» sería marzo del año siguiente, porque ésa era la fecha en que llegaría el bebé.

–¿Embarazada? –había mirado espantada al doctor cuando había terminado de examinarla y la había llevado de vuelta a la consulta para darle la noticia–. ¿Cómo puede ser?

–Por lo general, a través del acto sexual –repuso él conciso–. ¿Me estás diciendo que no lo has tenido?

–Bueno... yo... mmmm –cerró la boca hasta que pudo dejar de tartamudear–. De hecho, tuve una... aventura en Grecia. Pero tomamos precauciones y fuimos cuidadosos.

¡Salvo que había sorprendido a Mikos en la ducha!

Pero apenas había tenido tiempo de penetrarla antes de que se acabara, y seguro que con la cantidad de agua que caía a su alrededor, las posibilidades de concebir...

–No lo bastante, me temo, –el doctor la miró desde el otro lado del escritorio. ¿Conozco al padre?

Ella se había ruborizado.

–Sí. En el servicio fúnebre de mi madre.

–El joven griego. Lo imaginaba. ¿Alguna posibilidad de que te cases?

–Ninguna.

–¿Y cuando se entere de que estás embarazada?

–No se enterará.

–¿Por qué no?

–Porque entre nosotros se acabó. Mi abuelo y él regresarán a Grecia muy pronto.

–Comprendo.

Le había insinuado la posibilidad de que, si descubría que todo la sobrepasaba, podía abortar. Pero ella sabía que jamás se desharía del bebé de Mikos.

Éste habló, devolviéndola al presente.

–¿Qué clase de vitaminas? –instó.

–Las habituales –tragó saliva–. Deja de interrogarme de esa manera, Mikos. No estoy en un tribunal.

–Puede que no, pero me sentiría mucho más tranquilo si hablara personalmente con tu médico.

Aunque eso puso nerviosa a Gina, logró responder con calma.

–Adelante. Pero no te molestes en hablar con él de mí, porque mi vida no es asunto tuyo. Y aunque no pretendo conocer nada sobre la práctica de la profesión médica en Grecia, te prometo que no hay un solo médico en este país que sueñe con violar la confidencialidad de su paciente sin autorización específica de éste –y para no despertar sus sospechas, añadió–: Aunque en mi caso no hay nada que revelar.

–Déjalo estar, Mikolas –dijo su abuelo–. Angelina tiene razón. No es asunto tuyo.

–Bueno –dijo ella en el silencio que siguió–, ahora que se me ha declarado sana, ya no hay mucho que os retenga aquí, ¿verdad? Así que ¿cuándo pensáis marcharos?

–¿Por qué tienes tanta prisa por deshacerte de nosotros? –espetó él–. ¿Es que hemos sido una compañía tan desagradable?

–No, claro que no. Os estoy muy, muy agradecida a los dos por el apoyo que me habéis brindado estas tres últimas semanas. Pero tarde o temprano he de aprender a arreglarme sola y creo que cuanto antes lo haga, mejor.

–¡Qué demonios! –exclamó él–. Si es así como lo sientes, podemos irnos mañana.

No fue al día siguiente, ya que el piloto necesitaba

algo de tiempo para trazar un plan de vuelo y preparar el jet. Pero el primer miércoles de agosto, muy temprano, metieron las maletas en el coche alquilado y se despidieron.

–Tú y yo no hemos acabado, te lo prometo –juró Ángelo, dándole un beso en cada mejilla–. Estaremos en contacto.

–Voy a echarte de menos –y se sorprendió al descubrir que era verdad. Era toda la familia que le quedaba y le había tomado cariño en las semanas desde la muerte de su madre.

Atrapándola entre el maletero y su cuerpo, Mikos le dio un beso apasionado.

–No esperes que repita los sentimientos de Ángelo –soltó–. No haré promesas.

Entonces se sentó ante el volante, puso el coche en marcha y se marchó.

Ella no supo si en algún momento él miró atrás: el dolor le nublaba la visión.

Las ventiscas otoñales llegaron antes aquel año, con lluvia y temperaturas frescas que enviaron a los turistas a casa a finales de septiembre.

Con el tiempo dejó de esperar una carta con un sello extranjero. Su corazón dejó de desbocarse cada vez que sonaba el teléfono.

Después de la muerte de su madre, su primer pensamiento había sido vender la casa, regresar a Vancouver y reanudar su carrera. Pero al enterarse de que estaba embarazada, cambió de parecer. Quería quedarse en casa con su bebé, y llevar un hostal se lo permitiría. De modo que pintó los tres dormitorios grandes de la planta de arriba para los visitantes del verano siguiente y convirtió el pequeño porche de su propio dormitorio en el cuarto del niño, proyectos que fueron posibles gracias a una inesperada entrada de efectivo de una póliza de seguro que su madre se había hecho años atrás.

El segundo lunes de octubre amaneció despejado y soleado para variar, con una ligera brisa procedente del Estrecho y una leve insinuación de temperatura agradable. Por toda la isla, la gente había decorado su casa para la celebración de Acción de Gracias, pero ella no se había molestado, como en años anteriores.

Sin embargo, alguien sí se molestó en llevarle un adorno. A mitad de la mañana, la esposa del doctor Irving, Heather, pasó para dejarle una maceta con unos preciosos crisantemos amarillos.

—Cuando los vi en el vivero de Fox, supe que quedarían perfectos aquí —dijo, dejando la maceta junto a la puerta recién pintada de azul. Luego, limpiándose la tierra de las manos, se irguió y le dedicó a Gina una mirada prolongada—. ¿Cómo estás, querida? No he vuelto a verte desde el servicio fúnebre para tu madre.

Gina señaló el pincel y la lata de pintura blanca que había junto a la barandilla del porche.

—Como puedes ver, estoy arreglando la casa. Me temo que en el último par de años descuidé las cosas, pero ahora que tengo tiempo, intento ponerme al día.

—¡No esta tarde! Te vas a tomar un descanso para celebrar Acción de Gracias en nuestra casa, con pavo asado y pastel de calabaza. Necesitas ganar unos kilos. Estás demasiado delgada... a pesar de esa pequeña barriga que tu camisa amplia no puede ocultar del todo.

Avergonzada, se llevó las manos al vientre.

—¿Te lo contó Sam?

—No era necesario. Pero se te empieza a notar, cariño. En poco tiempo, todo el mundo en la isla sabrá que estás embarazada. Y —añadió sin rodeos—, si piensas que a alguno de nosotros nos importa que no estés casada, subestimas el cariño que te tenemos. Lo único que nos importa es que seas feliz. ¿Lo eres?

–Por el bebé, sí.

–Capto un «pero», del que hablaremos más tarde. Ahora mismo, he de volver a ocuparme del condenado pavo. Es tan grande, que tal vez Sam tenga que amputarle ambas patas para que quepa en el horno. Te veremos a las cuatro, Gina. No llegues tarde... y ven hambrienta.

Se marchó, dejando una estela de calidez que últimamente había faltado en su vida.

«Quizá vaya», pensó. Como decía ese viejo axioma, la vida continuaba, y ella no podía hibernar para siempre.

Recogiendo los utensilios y lo botes, los guardó en el garaje, y luego fue a la casa con un andar más vivo. Sin duda era temporal, pero en ese momento no se sentía ni feliz ni desdichada, sino en un término medio. Se sentía... satisfecha.

–Satisfecha –se detuvo en la puerta delantera y probó la nueva palabra.

Se deslizó con facilidad por su lengua. Le gustó su gentil cadencia y la sensación de paz que la embargó al aceptarla en su corazón.

Decidió que era mucho más duradera que la felicidad. Mucho menos exigente que el éxtasis.

Capítulo 12

ANOCHECÍA cuando Mikos bajó el coche alquilado por la rampa del ferry.

Se preguntó si Gina seguiría en la isla.

Y si no, dónde podría encontrarla.

Irritado por la oleada de ansiedad que le hormigueó por la piel, tomó la curva de la izquierda de la estación de bomberos demasiado rápido, asustando a un ciervo que pastaba a un lado del camino y haciendo que huyera hacia la maleza que había del otro lado.

¡*Skata*! Necesitaba controlar sus emociones antes de volver a verla. Pero la verdad era que las había tenido descontroladas desde que la había dejado.

En aquellas primeras semanas había levantado el teléfono más de cien veces para hablar con ella, momento en que intervenía el orgullo y le recordaba que ella había dejado bien claro que no lo quería en su vida.

Sólo en los últimos días había reconocido ante sí mismo que la quería lo bastante en su vida como para arriesgarse a un segundo rechazo.

Tomó la última curva en la carretera de dos direcciones paralela a la playa y se metió en el callejón sin salida que llevaba a la casa de Gina. Sólo cuando vio la ventana abierta parte de la tensión abandonó su cuerpo. Al menos estaba en casa.

Gina se marchó de casa de los Irving a las nueve, cargada con restos de pechuga de pavo, aliños, salsa de arándanos y una pastel de calabaza entero. «Por si luego te entra hambre», había dicho Heather cuando Sam y ella la habían acompañado al coche.

No encontró mucho tráfico en el trayecto de vuelta. La temperatura había bajado después de la puesta de sol, dejando un frío húmedo en el aire. Después de aparcar, subió presurosa los escalones del porche delantero.

—No debí dejar las ventanas abiertas, después de todo —musitó mientras buscaba la llave en el bolso.

Había una fiesta a tres casas de la suya, pero fue otro sonido mucho más próximo el que la hizo girar en el momento en que una silueta oscura se incorporó del banco en el otro extremo del porche, medio oculta por las sombras.

—No, desde luego que no —declaró una voz profunda—. Dejar una casa abierta de esta manera es una clara invitación para que alguien entre. Yo mismo me sentí tentado de hacerlo, pero supuse que ya había cometido demasiados errores contigo como para añadir uno más a la lista.

El grito sobresaltado que había estado a punto de soltar murió en su garganta.

—¿*Mikos*? —jadeó sorprendida.

Él se acercó con su típica elegancia pausada y se inclinó para recoger la llave que ella había dejado caer.

—¿Esperabas a alguien más, *agape mou*? —inquirió, metiendo la llave en la cerradura y abriendo la puerta.

—No —abrumada, permaneció donde estaba, luchando por devolver cierto orden a su mente incoherente—. ¿Qué quieres? —logró preguntar al final.

—A ti —repuso—. Te quiero a ti.

–¿Por qué?

–Porque sin ti no soy nada.

El corazón le dio un vuelco y tuvo un escalofrío.

–¿No quieres pasar? Creo que necesito sentarme.

La escoltó al salón y encendió la lámpara próxima al sillón que ella ocupó.

–¿Cierro las ventanas?

–Sí, por favor. Y enciende la chimenea, si no te importa.

–Por supuesto –acercó una cerilla a las ramas y la leña ya preparada y aguardó hasta que las llamas prendieron antes de volverse otra vez hacia ella.

–¿Puedo traerte algo? ¿Un poco de brandy, quizá?

–No, gracias.

Durante un momento, se puso a caminar por el salón, más inquieto de lo que nunca lo había visto Gina.

–Entonces, ¿puedo servirme uno yo? –soltó al final–. He recorrido un largo camino para desnudarte mi alma, Gina, y quiero que lo que tengo que decirte salga bien. Pero ahora que estoy aquí, no me siento tan seguro como pensé que estaría.

–Por supuesto. Ya sabes dónde está.

Él asintió.

–En la puerta de la derecha del aparador del comedor.

Una vez sola, dejó de contenerse. Por primera vez, captaba un deje de incertidumbre en la ecuanimidad cosmopolita de Mikos.

A pesar de sus palabras al marcharse, había vuelto a ella. Y no veía compasión en los sinceros ojos verdes. Ni rastro de culpa. Sólo la clase de vulnerabilidad inherente a una sinceridad absoluta.

La ira había desaparecido de su voz. En su lugar había una serena certidumbre que no tenía nada que ver con estar en control de todo lo que lo rodeaba, y sí con un hombre que finalmente se había reconciliado con quien era y lo que necesitaba.

–He cerrado las ventanas del comedor –dijo él desde el pasillo–. Ya que estoy en ello, será mejor que también cierre las de arriba. Hay una brisa intensa soplando desde el noroeste.

Sólo entonces recordó que había cerrado la terraza de su habitación para convertirla en el cuarto del bebé.

–No, Mikos –gritó alarmada, poniéndose de pie para ir tras él–. ¡Déjalas como están! Las quiero abiertas.

A mitad de camino de la escalera, él se detuvo y regresó hasta donde ella jadeaba y se agarraba a la barandilla como si en ello le fuera la vida. La miró sorprendido.

–De acuerdo, Gina. No te alteres. Sólo pensé que los dormitorios estarían fríos, eso es todo.

–Pero a mí me gusta un dormitorio fresco.

–Perfecto. Lo que tú digas. No he venido para decirte cómo debes llevar tu casa.

Gina se atrevió a tomarle la mano, e incluso un contacto tan sencillo bastó para volver a encender la electricidad que siempre había habido entre ambos.

–¿Por qué no me cuentas exactamente por qué estás aquí? –sugirió.

Ya no podía alargarse. Recogió la copa de brandy de la consola en el pasillo y la siguió al salón. El fuego había desterrado el frío y proyectaba reflejos cálidos sobre la superficie lustrosa de la mesita de centro.

Ella regresó al sofá, arregló los pliegues de su bonito vestido rojo y lo miró expectante.

Él se apoyó contra la repisa y bebió un fortalecedor tragó de brandy, deseando saber por dónde diablos empezar. Nunca había tenido problema alguno en decir lo que hacía falta para finalizar una relación. Pero ¿declararse? Era algo que nunca había imaginado que haría y no tenía ni idea de cómo conducirlo.

—Quiero casarme contigo, Gina —expuso sin ambages, antes de perder el valor.

La hermosa boca de ella se quedó abierta.

—¿Por qué? —susurró.

—Porque te amo, te he echado de menos más de lo que alguna vez habría creído posible y no puedo imaginarme el resto de mi vida sin ti —cuando ella fue a hablar, la detuvo con un gesto de la mano—. Antes de que digas algo, deja que añada lo siguiente: no te culparía si me rechazaras. Sé que te di un golpe duro con mi condena aquella noche en Petaloutha. Pero enamorarme jamás había entrado en mis planes a largo plazo y no sabía cómo manejarlo.

»Cuando murió tu madre, traté de convencerte de que te amaba, y al no querer escucharme, me marché como un niño malcriado que no quiere jugar con ninguna regla que no sea la propia. Pero la verdad no es fácil de descartar y estoy aquí para repetírtelo. Te amo, Gina. Te amo con todo mi corazón. No porque sienta pena por ti ni porque me sienta culpable. Sino porque no puedo evitarlo. Y si puedes perdonarme por las cosas crueles que he dicho, prometo que jamás te volveré a hacer llorar.

Ella sintió que los ojos se le humedecían.

—Antes de darte mi respuesta, hay algo que necesitas saber.

–Sé que te amaré el resto de mi vida. Eso es lo único que importa.

Ella movió la cabeza.

–Yo también te amo, Mikos. Creo que te he amado desde la primera vez que te vi. Pero una vez intenté ocultarte la verdad y eso terminó haciéndonos daño a los dos. No correré el mismo riesgo otra vez, y menos con todo lo que hay en juego ahora –se levantó–. Ven conmigo –dijo–. Hay algo que quiero que veas.

La siguió arriba hasta su dormitorio, que daba al mar. Lo había pintado desde la última vez que había estado allí y le había puesto cortinas.

–Has estado ocupada –comentó.

–Más de lo que imaginas –repuso y abrió la puerta que daba a la terraza cerrada–. Echa un vistazo aquí y dime qué piensas.

–Es muy bonito –comentó al ver las paredes de un amarillo claro y la alfombra blanca, con las mismas cortinas que cubrían las ventanas del dormitorio. Pero entonces notó los muebles. Una sencilla cómoda blanca y una lámpara con una pantalla con un conejo. Una especie de mesa en un rincón y estanterías debajo, llenas de cosas que usarían los bebés. Y al lado, una de esas cunas con dosel.

–Sí –dijo ella al ver su mirada desconcertada–. Es el cuarto de un bebé. Estoy esperando un bebé.

Sonó valiente. Incluso desafiante. Y él supo por qué. Lo ponía a prueba. Ya le había fallado demasiadas veces.

–No, *calli mou*, estás esperando *nuestro* bebé –afirmó–. Y aunque esperaras a dos, mi proposición seguiría en pie.

–¿Estás seguro?

–*Neh*. Muy seguro.

Gina le sonrió, una sonrisa luminosa que le transformó la cara.

–Entonces, sí, me casaré contigo.

La abrazó como si nunca fuera a soltarla.

–Gracias –musitó.

Nunca habían hecho el amor en casa de Gina. Nunca habían contemplado las estrellas que brillaban más allá de la ventana.

–¿Por qué no me lo dijiste? –le preguntó Mikos.

–Temía que te quedaras conmigo por obligación y que me odiaras por atarte a un matrimonio que jamás habías querido.

–¿Habrías permitido que viviera en la ignorancia de que tenía un hijo?

–No siempre. Todo niño tiene el derecho de disfrutar de un padre, y todo padre dispuesto a asumir la responsabilidad tiene el derecho de conocer a su hijo. Pero habría postergado contarte la verdad hasta después del parto. Estos últimos meses han sido de los más difíciles de mi vida, Mikos. Necesitaba saber que era lo bastante fuerte para continuar sin ti en caso de que fuera necesario. Necesitaba recuperarme.

–¿Y lo has hecho, mi amor? ¿Lo suficiente como para dejar el pasado atrás?

–Aún echo de menos a mi madre –un aguijonazo de dolor enturbió su felicidad–. Siempre lo haré. Pero he aceptado su muerte. Sé que nadie tiene la culpa. En cierto sentido, el modo en que murió fue una bendición, porque durante mucho tiempo había sido un alma perdida atrapada en un infierno viviente sin escapatoria. Nuestro médico habló conmigo y me ayudó a entender que, a pesar de lo terrible del accidente, su muerte fue rápida y misericordiosa, no una pesadilla duradera que sólo podría empeorar y que podría haber durado años. Así que para responderte, puede que aún no lo haya dejado todo atrás, pero estoy lo bastante cerca como para saber que recorreré esa distancia –se tocó el vientre–. He de hacerlo. Hay un bebé de camino.

Él siguió la curva de su cuerpo con la mano hasta posarla sobre su pecho y continuar hasta el contorno redondeado que era el bebé en el vientre de Gina.

–Y tú me tienes a mí –musitó con ternura–. Los dos me tenéis, y siempre será así.

Dominada por la necesidad, ella lo tocó donde era más vulnerable.

–Demuéstramelo –murmuró.

Salvo cuando habían concebido, jamás habían conocido la libertad para brindarle placer al otro sin pensar primero en una medida anticonceptiva. Sentirlo deslizarse en ella, tocándola, la cálida simiente corriendo por su interior y uniéndola más a él, aportó un elemento de intimidad al acto sexual que no había existido con anterioridad.

Mucho, mucho después, se quedó dormida en sus brazos, mitigada al fin el ansia perpetua de echarlo de menos.

A la mañana siguiente, despertó sintiendo una satisfacción lánguida. Los rayos del sol jugaban a través de la ventana, proyectando bandas doradas sobre el cuerpo grande y poderoso de Mikos. Con cuidado de no despertarlo, fue al cuarto de baño, se puso la bata y las zapatillas y bajó con sigilo para preparar el desayuno.

Él seguía con el horario griego y lo más probable era que durmiera un poco más. Habían charlado hasta tarde por la noche, haciendo planes. Habían decidido celebrar una boda tranquila allí mismo en el plazo de un mes, e inmediatamente después la luna de miel en

Petaloutha. Tendrían una casa en Evia con un jardín grande y vistas al mar, lo bastante cerca de Ángelo para que éste pudiera visitar y llegar a conocer a su bisnieto. Pero mantendrían el ático, por si querían pasar alguna noche en la ciudad.

¿Y esa casa, en la que había crecido?

–Estoy preparada para dejarla –le había dicho–. A partir de ahora, mi hogar está contigo.

–Pero esta casa significa mucho para ti, amor mío. No tienes que desprenderte de ella. Contrataré a una pareja para que la cuide.

–Lo que importa es los recuerdos que atesora, Mikos, y me acompañarán allí donde esté.

–No lo decidas ahora –le había acariciado la cara–. Tómate tu tiempo antes de tomar una decisión.

Quizá tenía razón. Quizá no podría cortar los lazos con tanta facilidad.

Él seguía tumbado, con los ojos cerrados, cuando Gina regresó arriba con una bandeja, aunque al sentarse en el colchón, su mano salió disparada para sujetarle la muñeca.

–¿Dónde has estado? –gruñó con voz somnolienta–. Alargué el brazo y no te encontré.

–Te he traído el desayuno. Zumo de naranja recién exprimido, café canadiense, que probablemente odiarás, y gofres con los últimos arándanos de la temporada.

Él sonrió.

–¡Qué mujer! ¿Te he dicho ya que me haces muy feliz y que te amo?

–De hecho, no, no me lo has dicho.

Tiró de ella hasta tumbarla encima.

–Me haces muy feliz y te amo, Angelina. ¿Te casarás conmigo?

Los poemas, las canciones, todos decían lo mismo:

cuando al fin se encontraba a la persona que de verdad era la otra mitad, el corazón se desbocaba.

Al menos para ella, era verdad. Sabía que su corazón había concluido la búsqueda.

–Sí.

Atiborrados de amor, decidieron que debían llamar a Ángelo para transmitirle la noticia.

–¿Dónde diablos estás? –gruñó el anciano al oír la voz de Mikos.

–En la cama con tu nieta.

–¡Canalla! ¿Es que no tienes ningún sentido de la decencia?

–Mucho –repuso–. Por eso haré de ella una mujer decente. Le he pedido que se case conmigo.

–Casarse, ¿eh? –soltó un falso bufido de irritación–. Ya era hora. No voy a vivir para siempre, ¿sabes?

Acercó a Gina.

–Hemos tomado eso en cuenta. Por eso la próxima primavera te daremos un bisnieto. ¿Crees que podrás resistir el tiempo suficiente para otorgarle tu bendición?

Reinó un momento de silencio a través de la línea. Luego, la voz de Ángelo sonó trémula.

–¿Gina está embarazada?

–¡Oh, sí! –alardeó–. De cuatro meses. Despeja tu agenda y ten preparado el jet, Ángelo. Te necesitamos aquí para la boda, a menos que quieras que tu nieta recorra sola el pasillo hasta el altar.

–Estaré allí mañana, aunque tengan que subirme a bordo en una silla de ruedas –afirmó–. Abraza a la niña por mí, y no olvides nunca el tesoro que has encontrado. Eres un hombre afortunado, *yio mou*.

Mikos estudió a la mujer acurrucada a su lado, resistente como el acero templado, delicada como el suspiro de un bebé, el rostro radiante con un júbilo interior, el cuerpo maduro para la maternidad inminente.

Consciente de su mirada, ella sonrió y le dio un beso en el hombro.

—Te amo —susurró.

Casi cegado por la emoción que lo embargó, Mikos volvió a concentrarse en el teléfono.

—Sí, soy afortunado —le dijo a Ángelo—. El hombre más afortunado del mundo.

Bianca™

La había seducido por venganza… pero se había acostado con ella por placer

El empresario Caleb Cameron creía haber descubierto los planes de Maggie Holland de arruinarlo seduciéndolo para que apartara su mente de sus millonarios negocios.

La realidad era que Maggie estaba siendo manipulada por su cruel padrastro. Ella se había enamorado de Caleb… pero él le había dicho que no quería volver a verla.

Ahora que su padrastro había muerto, dejando arruinadas a Maggie y a su madre, Caleb era el único propietario de todos sus bienes. Como paso final de su venganza, iba a hacerle una proposición a Maggie que no podría rechazar: si no quería perder su hermosa casa familiar… ¡tendría que ser su amante mientras él estuviera en Dublín!

Amante en Dublín

Abby Green

Acepte 2 de nuestras mejores novelas de amor GRATIS

¡Y reciba un regalo sorpresa!

Oferta especial de tiempo limitado

Rellene el cupón y envíelo a

Harlequin Reader Service®
3010 Walden Ave.
P.O. Box 1867
Buffalo, N.Y. 14240-1867

¡Sí! Por favor, envíenme 2 novelas de amor de Harlequin (1 Bianca® y 1 Deseo®) gratis, más el regalo sorpresa. Luego remítanme 4 novelas nuevas todos los meses, las cuales recibiré mucho antes de que aparezcan en librerías, y factúrenme al bajo precio de $3,24 cada una, más $0,25 por envío e impuesto de ventas, si corresponde*. Este es el precio total, y es un ahorro de casi el 20% sobre el precio de portada. !Una oferta excelente! Entiendo que el hecho de aceptar estos libros y el regalo no me obliga en forma alguna a la compra de libros adicionales. Y también que puedo devolver cualquier envío y cancelar en cualquier momento. Aún si decido no comprar ningún otro libro de Harlequin, los 2 libros gratis y el regalo sorpresa son míos para siempre.

416 LBN DU7N

Nombre y apellido	(Por favor, letra de molde)
Dirección	Apartamento No.
Ciudad	Estado	Zona postal

Esta oferta se limita a un pedido por hogar y no está disponible para los subscriptores actuales de Deseo® y Bianca®.
*Los términos y precios quedan sujetos a cambios sin aviso previo.
Impuestos de ventas aplican en N.Y.

SPN-03

Jazmín™

El poder de una promesa
Cara Colter

Él conocía bien el poder de las promesas...

Rick Chase sabía que una promesa podía romper corazones y destrozar amistades, y sin embargo prometió ayudar a su vieja amiga Linda Starr a adaptarse a volver a vivir sola. Le ofrecería un empleo y misión concluida. Pero ése era el plan antes de ver a la mujer en la que se había convertido. Elegante y refinada, Linda era ahora una mujer apasionada e increíblemente bella. El tipo de mujer que podía hacerle desear cambiar su vida de soltero.

Ése era el peligro de las promesas: siempre acababan exigiéndole a un hombre más de lo que había previsto dar... pero aquélla prometía también una recompensa que él jamás habría imaginado.

Deseo™

Una buena chica

Jennifer Greene

El futuro de Emma había sido cuidadosamente planeado: tendría la boda perfecta con el marido perfecto, la vida perfecta. Pero entonces apareció Garrett Keating.

No iba a permitir que Emma siguiese adelante con aquella farsa y qué mejor manera de detenerla que seducirla. Pero si Emma no pasaba por el altar antes de su próximo cumpleaños, perdería una herencia de millones de dólares...

¿Hasta dónde estaría dispuesto a llegar por tener a aquella mujer?